Em *Quem vai descobrir o segredo de Michelangelo?* você encontra, no envelope anexo à capa, sete cartões decodificadores e um minipôster da Capela Sistina.

Sempre que encontrar a corda com o lacre vermelho no livro, você deverá desvendar um enigma. Veja as folhas de pergaminho dentro do envelope colado na contracapa: as soluções estão ocultas sob os lacres negros. Escolha a resposta e pressione o dedo sobre o lacre correspondente por alguns segundos. A solução vai aparecer em seguida!

Se surgir uma caveira , a resposta está errada.

Se surgir um símbolo como este , eis o lacre correto.

Anote os sete símbolos corretos: você precisará deles mais tarde. Divirta-se com a leitura e os enigmas!

Título original: *Wer öffnet die 7 Siegel des Michelangelo?*
Título da edição brasileira: *Quem vai descobrir o segredo de Michelangelo?*

© Prestel Verlag, München • Berlin • London • New York, 2006

Site Thomas Brezina: www.thomasbrezina.com

Diretor editorial	Fernando Paixão
Editora	Gabriela Dias
Editor-assistente	Fabricio Waltrick
Coordenação editorial	Garagem Editorial
Preparadora	Shirley Gomes
Coordenadora de revisão	Ivany Picasso Batista
Revisora	Cátia de Almeida

ARTE
Projeto gráfico (adaptação) Marcos Lisboa
Editora Cíntia Maria da Silva
Editoração eletrônica Crayon Editorial
Respostas dos enigmas Editores.com

ISBN 978 85 08 11027-8 (aluno)

CL: 735884
CAE: 212678

2019
1ª edição
11ª impressão
Impressão e acabamento: Gráfica Elyon

Todos os direitos reservados pela Editora Ática S.A., 2007
Avenida das Nações Unidas, 7221 – CEP 05425-902 – São Paulo, SP
Atendimento ao cliente: 4003-3061 – atendimento@aticascipione.com.br
www.coletivoleitor.com.br

IMPORTANTE: Ao comprar um livro, você remunera e reconhece o trabalho do autor e o de muitos outros profissionais envolvidos na produção editorial e na comercialização das obras: editores, revisores, diagramadores, ilustradores, gráficos, divulgadores, distribuidores, livreiros, entre outros. Ajude-nos a combater a cópia ilegal! Ela gera desemprego, prejudica a difusão da cultura e encarece os livros que você compra.

CIP-BRASIL. CATALOGAÇÃO NA FONTE
SINDICATO NACIONAL DOS EDITORES DE LIVROS, RJ

B859q
 Brezina, Thomas, 1963-
   Quem vai descobrir o segredo de Michelangelo? / Thomas Brezina ; ilustrações Laurence Sartin ; tradução Inês Lohbauer. – São Paulo : Ática, 2007.
   112p. : il. – (Olho no Lance. Museu da Aventura ; v.3)

   Tradução de: Wer öffnet die 7 Siegel des Michelangelo?
   Anexo: Minipôster da Capela Sistina e cartões decodificadores

   ISBN 978-85-08-11027-8

   1. Michelangelo Buonarroti, 1475-1564 - Literatura infantojuvenil. 2. Enigmas lógicos. I. Sartin, Laurence. II. Lohbauer, Inês A. III. Título. IV. Série.

07-0339.   CDD: 028.5 / CDU: 087.5

Thomas Brezina

MUSEU DA AVENTURA

Ilustrações
Laurence Sartin

Tradução
Inês Lohbauer

Michelangelo Buonarroti

Nascido em 6 de março de 1475, Michelangelo foi um escultor, pintor e arquiteto italiano, já muito famoso em vida. Mas nem todos eram amigos dele, e Michelangelo tinha um grande segredo...
Você poderá desvendá-lo – se conseguir abrir os lacres misteriosos!

Pablo

Pablo, cachorro nascido em 22 de outubro, numa caixa de desenhos vazia, entre duas pinturas antigas, gosta de tinta e de telas, e pinta com as patas. Ele adora doces e vai levá-lo diretamente para a aventura!

A câmara secreta

Às vezes, os pés parecem andar por conta própria. Eles levam você a lugares aos quais nunca pensou em ir. Mas, quando chega lá, você vive aventuras que não esperaria viver nem nos seus sonhos mais malucos. Hoje é um desses dias. Seus pés levam você a uma escada de largos degraus, que conduzem a uma entrada ampla e imponente com uma porta de madeira verde. A porta é reforçada com grossas barras de metal e enormes parafusos, como se dissesse: "Ninguém entra aqui se eu estiver fechada!".

Por trás da porta, ouve-se o latido nervoso de um cão.

Você está diante de um velho edifício, que se ergue majestoso com seus três andares e uma cúpula. Dragões de pedra se projetam da beirada do telhado, olhando fixa e gravemente por sobre as casas da cidade.

O cachorro continua latindo furiosamente. Seu latido parece ecoar de um cômodo amplo com piso de pedra e paredes nuas. Ele soa como uma mistura de dogue alemão, são-bernardo e um cão dos infernos.

Você ouve um leve *rangido* que vem de cima, como se alguém esfregasse o sapato em pedregulhos. Um fio de areia fina cai. Ouve-se o *rangido* novamente. O ruído cessa, mas recomeça em seguida.

Mais uma vez, você ouve um RANGIDO leve.

O que estará acontecendo no telhado?

5

SURPRESA! CONFUSÃO!

Não são apenas os seus pés que estão se comportando de forma estranha hoje. Os seus olhos também. Eles querem pregar uma peça em você. Não há outra explicação. Um dos dragões de pedra do telhado parece ter se inclinado para a frente. Suas asas estão abertas como se ele fosse levantar voo, e sua boca está completamente escancarada. Você pode enxergar até as profundezas de sua garganta escura. Será possível? O dragão é de pedra e não pode ter se mexido! Mas, pouco antes, ele parecia diferente. Agora, ele dá a impressão de que está a ponto de se atirar para devorar você.

Impossível! Não pode ser!

Ao seu lado, bafeja uma voz rouca:

– *Alguém encontrou a câmara.*

De onde surgiu tão de repente aquela mulher que está ali, bem ao seu lado, e que também olha para cima, para o telhado? É tão magra que quase não tem sombra. Com aquela gola alta da sua túnica turquesa cintilante, ela lembra uma lagartixa cheia de babados. Uma nuvem de perfume a envolve. É um aroma adocicado de rosas, que quase faz você parar de respirar. Lentamente, ela vira a cabeça na sua direção.

– *A câmara secreta!*

Dois olhos grandes, rodeados por grossas linhas negras e sombra cintilante, encaram você.

– *Alguém deve ter conseguido abrir os sete lacres de Michelangelo.*

A mulher parece estar revelando um segredo. O que será isso que ela sabe?

E o que são os sete lacres de Michelangelo?

Um dedo longo, com uma unha pontuda pintada de verde, aponta a casa.

– *Desgraça! Pode acontecer uma enorme desgraça. O dono do museu pode impedi-la... se não for ele mesmo quem está na câmara secreta!*

A velha fechadura da porta verde range e estala ruidosamente. A porta se abre, e um cão sai correndo por ela. A única coisa grande nele é o latido. Com saltos rápidos, ele desce a escada na sua direção, ficando de pé à sua frente. Chega a alcançar o seu peito. Ele deve ter pisado em latas de tinta, pois cada pata está de uma cor: vermelha, amarela, verde e lilás.

Na entrada da casa, surge um homem que quase preenche todo o vão da porta.

– *Pablo, aqui! Quieto! Senta! No lugar!* – ordena ele.

Você espera que Pablo também "cumprimente" a mulher, mas o lugar que ela ocupava ao seu lado agora está vazio. E o dragão de pedra do telhado? Está lá, de novo parecendo um cão de caça obediente, as asas encolhidas, o focinho ligeiramente virado para cima. As nuvens, que o vento empurra pelo céu, parecem formar um grande **?**

Quem é Madusa?

Pablo puxa o ar e espirra com força. Aflito, fareja o local onde há pouco se encontrava a mulher misteriosa. Seu dono desce as escadas usando um par de pantufas velhas e puxando as fivelas dos largos suspensórios da calça de veludo, que cobre sua barriga roliça.

O homem dá um breve sorriso para você e se inclina para segurar o cão pela coleira. Então, também parece sentir o aroma adocicado de rosas, e as suas grossas sobrancelhas cinzentas juntam-se no meio da testa, como uma escova. Lentamente, o homem se apruma e olha estrada abaixo.

– *Madusa!* – murmura ele, e o som de sua voz parece evocar uma lembrança desagradável.

Com ar interrogativo, dirige-se a você:

– *Viu uma mulher aqui? Uma mulher com o rosto e as unhas verdes?*

Ela era exatamente assim.

O homem percebe o seu olhar, que continua voltado para o telhado. Dá alguns passos e olha para cima.

O dragão,
imóvel e pétreo,
ergue-se
contra o céu.

Encostado em sua perna, Pablo rosna zangado. Um ronco intenso vai crescendo no peito dele e, de repente, explode num **latido** agitado. Pablo começa de novo a ganir, alto o suficiente para assustar até um cão dos infernos.

Dessa vez, o *RANGIDO* que se ouve é agudo e meio chiado, como o golpe de uma enorme espada.

O dragão de pedra abre as asas ameaçadoramente, e da sua bocarra salta, como um chicote, uma língua longa e fina.

Cheio de raiva e fúria, ele se inclina bem para a frente, na direção de Pablo, gemendo e grunhindo.

Uivando, Pablo se esconde atrás das suas pernas e espia amedrontado por entre elas.

Você sente o homem agarrando o seu braço. Ele puxa você em direção à entrada e dá a Pablo uma ordem brusca, que nem teria sido necessária.

O cão corre encolhido à frente de vocês dois.

Sob o telhado do portal, vocês encontram proteção contra o que acontece em seguida. Pedras pequenas são atiradas aos montes do edifício e caem na calçada.

O dragão não cospe fogo como seus colegas das lendas, mas cospe pedras.

As pedrinhas ricocheteiam sobre o calçamento **quebrando-se** em mil **fragmentos**, que espirram para todos os lados.

– *Rápido, para dentro!*

O homem empurra você pela porta e, depois, a bate com força. O estrondo ecoa pelo salão de colunas em que vocês se encontram.

– *Não tenha medo, não vou fazer nada de mau com você!* – garante o homem, enquanto puxa um pesado banquinho de madeira, encostando-o embaixo de uma janela alta e estreita.

– *O meu nome é Tonatelli, e sou dono deste museu.*

Ofegante, ele sobe no banquinho, que range com o seu peso. Pablo coloca as patas sobre outro banquinho, convidando você a fazer a mesma coisa que o dono do museu. O cãozinho quer que você o erga, para que ele também possa olhar para fora.

– *Madusa disse algo sobre a câmara secreta e os sete lacres?* – quer saber o senhor Tonatelli.

Sim, a mulher disse.

Tonatelli passa as mãos sobre a barriga redonda.

– *Eu também ouvi falar disso. Mas é uma lenda. Só pode ser uma lenda. Todo o resto é absolutamente impossível.*

A chuva de pedra na frente do museu cessou.

– *Você não pode contar a ninguém o que viu!* – exige Tonatelli. – *Senão os visitantes podem se afastar. Não é o que eu quero.*

Hesitante, ele desce do banquinho e sai andando, balançando a barriga.

Pablo liberta-se dos seus braços para ir atrás dele. Depois de alguns passos, o cachorro para e bate com as patas dianteiras no chão, para chamar a atenção. É para você segui-los.

Sem se virar uma única vez, o senhor Tonatelli percorre rapidamente um corredor, passando ao lado de altas portas de madeira. Elas estão abertas e mostram pequenas e grandes salas do museu.

Numa delas, está pendurado o quadro mais famoso do mundo, a *Mona Lisa*, pintado por Leonardo da Vinci. Ela ergue a mão e acena para você!

Num outro salão, sobre uma parede forrada de vermelho, estão pendurados quadros com molduras douradas, representando o rosto de diversos homens. O segundo da direita para a esquerda é Michelangelo.
Apesar de parecer um grande urso, Tonatelli corre rápido escada acima até o primeiro andar, e depois para o segundo. Sua intenção é chegar a uma sala redonda, com estantes que cobrem as paredes do chão até o teto. Ele anda em círculos, procurando algo, e, então, bate palmas três vezes.
– *Michelangelo* – diz ele.
Ele parece estar chamando um papagaio fugido.
Mas nenhuma ave aparece voando. O que surge é um livro. Ele não voa, mas cai da prateleira mais alta. O senhor Tonatelli o apanha como um goleiro faria com uma bola de futebol.

— *Para trás! Saiam do caminho!* — ele adverte você e Pablo. Respeitosamente, ele coloca o livro sobre um apoio inclinado de madeira entalhada. Respira fundo e abre-o. Imediatamente, o recinto se enche com o som forte de ferramentas batendo em pedra. Pequenos pedaços de mármore branco saltam do livro. Como se surgisse das profundezas, algo aparece das páginas amareladas e envelhecidas.

O lacre

— *Guarde este segredo com você* — ordena Tonatelli.
O que surge do livro assemelha-se a um ovo, só que muito maior — como um ovo de dinossauro. É transparente, e, dentro dele, move-se uma névoa úmida e azulada.
— *Foi meu bisavô quem construiu este museu. Ele queria criar um museu cheio de coisas maravilhosas e também de aventuras. Reuniu coisas de todo o mundo, que são mais do que espantosas e misteriosas. Como esta biblioteca.*
Impaciente, o senhor Tonatelli olha para a névoa em forma de ovo e repete:
— *Michelangelo!*
O ovo estoura, a névoa se espalha para todos os lados.
Quem é esse? Quem é que aparece aqui de repente?

Enquanto continua a folhear o livro, o senhor Tonatelli se dirige a você:

– *Para o senhor Buonarroti, um artista valia menos do que um sapateiro. Mas Michelangelo conseguiu ser o que queria: um escultor.*

Michelangelo Buonarroti – esse era o nome do artista que hoje conhecemos apenas como Michelangelo.

Tonatelli continua virando as páginas do livro, como se fosse um livro comum. Ele para numa outra página, e novamente aparece uma névoa, da qual surgem figuras.

O jovem Michelangelo coloca o cinzel na boca da estátua e bate com o martelo de madeira sobre ele. Alguns golpes são suficientes para que na boca do fauno surja um buraco escuro, no lugar do dente.

A névoa azul-pálido sai novamente do papel e envolve o jovem Michelangelo e Lorenzo de Médici, até que não se consegue mais enxergá-los.

Insatisfeito, Tonatelli resfolega pelas grandes narinas, das quais brotam tufos de pelos. Ele continua a folhear o livro, murmurando:

– *Lacre, lacre, lacre. Já li alguma coisa sobre isso.*

A página que ele abre está vazia, exceto pelo título.

A MARCA DE MICHELANGELO

Não há mais nada escrito no papel amarelado, que possui manchas escuras e úmidas de bolor. Dessa vez, não sai nenhuma névoa do livro, mas uma nuvem de um pó branco fino. À luz da lâmpada, que pende do teto como uma gota de vidro esverdeado, flutuam pequenos cristais muito leves. Como gênios de uma garrafa, do meio deles surgem dois homens.

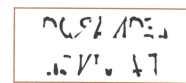

> Quem compara Michelangelo a um padeiro? Para encontrar a resposta, coloque esta página contra a luz.

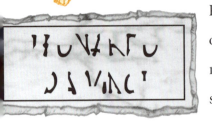

Agitando as mãos, Michelangelo espalha o pó de mármore mais ainda, atirando-o no rosto dos outros artistas. O homem empalidece como uma velha fotografia e desaparece. Mas o pó se dissipa e deixa à vista uma poderosa montanha. Muitos pedaços foram retirados dela, como de um grande bolo. Sua camada externa é de terra, argila e granito cinza, mas seu interior é de um branco que chega a ofuscar a vista.

Pablo, Tonatelli e você precisam piscar e espiar com os olhos quase fechados, tão forte é a luz irradiada pelo mármore branco. Blocos do tamanho de seres humanos são rolados sobre troncos de árvore em direção ao vale. Um por um. Michelangelo está diante de um grande bloco de mármore com superfície áspera. À sua volta, há alguns homens com ombros largos e mãos grandes, nas quais o pesado equipamento parece um brinquedo. Michelangelo acaricia suavemente o bloco, como se fosse um cavalo.

– *Exatamente o que eu queria!* – murmura ele, admirando o bloco de mármore.

Dois dos homens cospem no chão. Michelangelo também. Admirado, Pablo sacode a sua orelha marrom. O dono do museu vira-se para você:

– **Michelangelo sabia se comportar bem, como havia aprendido com os nobres. Mas, quando ficava muito tempo com os trabalhadores, na pedreira, passava a se comportar como eles.**

– Você vai voltar logo, mestre Michelangelo? – pergunta um dos homens, esfregando o nariz com as costas da mão.

Michelangelo diz que sim, com um gesto de cabeça, mas seu pensamento já está na figura que pretende esculpir no mármore. Balança a cabeça de um lado a outro e aperta os olhos, cerrando as sobrancelhas. Rugas aparecem em sua testa.

– Por que ele está fazendo essa cara esquisita? – pergunta o menorzinho dos trabalhadores.

Michelangelo ouviu a pergunta dele. Sem tirar os olhos do mármore, ele responde com irritação:

– *A figura já está na pedra, já consigo vê-la. Só preciso libertá-la.*

Os homens sorriem disfarçadamente e dão cotoveladas uns nos outros.

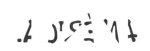

Com carinho, Michelangelo passa a mão sobre um sinal, que foi esculpido numa das superfícies do mármore.

> Que continente foi descoberto 17 anos depois do nascimento de Michelangelo?

– Ninguém pode mexer nas pedras que têm a sua marca – garante-lhe o maior dos homens que ali está. Seu pescoço é tão grosso que, com certeza, poderia erguer um carro bem pesado.

Com um movimento enérgico, o senhor Tonatelli fecha o livro.

– *Não é isso. Não é isso o que querem dizer, quando falam dos sete lacres.*

A pedreira, os trabalhadores e Michelangelo desaparecem.

Uma última nuvenzinha brilhante de pó de mármore se dissolve no ar.

Como se quisesse tentar de novo, Tonatelli abre o livro mais uma vez. Lê algumas frases, a meia-voz:

– *Michelangelo Buonarroti... nascido em 6 de março de 1475, entre duas e cinco horas da manhã... na cidade italiana de Caprese... numa segunda-feira... signo de Peixes... O pai é prefeito da cidade... Tem quatro irmãos... Como sua mãe fica muito fraca depois do parto, ele é levado a uma ama de leite, que o amamenta. É a esposa de um trabalhador da pedreira... Mais tarde, Michelangelo diria: "Eu suguei a arte do martelo e do cinzel junto com o leite materno".*

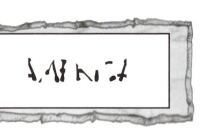

Nenhuma palavra sobre os sete lacres.

Da parte de trás do livro, sai um grito abafado de dor.

– *Aaaai! Aaaaaaaahhhhh!*

O caso do nariz

As mãos de Tonatelli tremem enquanto ele vira as páginas. Chega a uma parte em que o papel se desdobra formando uma pequena capela. As paredes estão enfeitadas com quadros pintados diretamente no reboco. As cores brilham como se fossem iluminadas pela luz de fortes holofotes. Mas, na verdade, apenas algumas lamparinas iluminam a capela.

Então, Michelangelo aparece novamente. Ele ainda é jovem e tem uma vasta cabeleira, que oculta as orelhas grandes e a testa quadrada. Está sentado sobre um banquinho, com uma prancheta nos joelhos, desenhando com um pedaço de giz de cera.

Trabalhando ao seu lado, há um jovem com mais ou menos a mesma idade dele. Ele se inclina bastante sobre a própria prancheta, os seus traços são descuidados. Quando ergue o olhar, vê-se um rosto contraído.

> O que Michelangelo está desenhando?

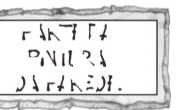

Mas por que surge um grito neste capítulo da vida de Michelangelo?

Um homem de cabelos brancos posiciona-se atrás dos dois rapazes e olha por cima dos seus ombros. Ele elogia Michelangelo, mas para o outro ele diz:

– Pietro Torrigiano, você nunca será um verdadeiro mestre.

Mostrando mau humor, Pietro abaixa os cantos da boca, como se quisesse responder sarcasticamente, mas depois engole em seco. Com segurança, Michelangelo segue desenhando, traço por traço.

– *Ele estuda desenho e pintura* – diz o senhor Tonatelli, admirado, também imaginando o que significaria o grito.

Bufando de raiva, Pietro Torrigiano ergue a cabeça e, impaciente porque seu desenho não sai, atira o giz no chão e pisa nele com força. Michelangelo não se perturba. Torrigiano estica o pescoço e espia mal-humorado o quadro do colega, que vai cada vez mais tomando forma.

– **Você é um puxa-saco do professor, não é?** – começa a provocar Torrigiano. – **Está sempre rastejando a seus pés.**

Ele imita os movimentos sinuosos de um verme rastejante e esboça um sorrisinho maldoso.

– *Cale essa matraca e suma daqui!* – rosna Michelangelo, sem interromper o desenho.

– **Você não manda em mim!** – vocifera Pietro e se levanta, deixando a prancheta cair no chão com um estrondo.

– *Você está me atrapalhando. Saia de perto de mim* – exige Michelangelo, com a voz calma.

Pietro Torrigiano cerra os punhos e o ameaça.

– *Se você quer lutar, vá lá fora juntar-se aos vagabundos!* – diz Michelangelo. Ele ergue a cabeça e sorri maliciosamente. – *Ou será que você está querendo arrancar o desenho do papel a socos, já que não consegue fazê-lo com o lápis?*

Espumando de raiva, Pietro arremessa o punho contra o rosto de Michelangelo. Ouve-se um terrível som de algo se quebrando.

Michelangelo abre a boca, solta um grito alto, coloca a mão sobre o nariz, cambaleia um pouco, revira os olhos e cai, inconsciente. Seu corpo musculoso bate pesado no chão de pedra da capela. Torrigiano saboreia seu triunfo. Mas o professor se aproxima, atônito. Ajoelha-se ao lado de Michelangelo, que jaz sem sentidos, e chama por socorro.

A imagem se desfaz, mas se recompõe logo em seguida. Michelangelo é levado sobre uma padiola de madeira. Ele parece morto.

Torrigiano é expulso da cidade.

Com a respiração suspensa, o senhor Tonatelli acompanha o acontecimento.

Solidário, Pablo abana o rabo, tocando o seu dono com o focinho úmido.

Imediatamente, Tonatelli puxa um saquinho do bolso da calça e tira dele algumas bolinhas de chocolate. Três desaparecem na sua boca, e uma ele atira para Pablo, que a apanha habilmente. É claro que ele oferece uma bolinha a você também.

– *Agora nós sabemos a quem Michelangelo deve o seu nariz curvo* – diz ele, inquieto e taciturno. – *Mas ainda não sabemos nada sobre a câmara secreta e os sete lacres.*

Decepcionado, fecha o livro, deixando a contracapa para cima.

Por um momento, reina o silêncio na pequena biblioteca. Pablo abana a cauda interrogativamente, saltitando nas patas traseiras, como se também quisesse dar uma espiadinha naquele livro tão raro.

De repente, ouve-se um ruído, como o de uma grande asa batendo.

O livro abriu-se sozinho.

Como pequenos pássaros, pedacinhos de pergaminho amarelo-acinzentado saem voando dali. Provavelmente, estavam no final do livro. Em silêncio, flutuam pelo ar e vão caindo lentamente no chão. Alguns giram como hélices, outros vão se virando como rodas.

Pablo pega um pergaminho com a boca, mas larga-o logo depois, tossindo e cuspindo, como se tivesse sentido um gosto amargo. Fica limpando o focinho com a pata. No meio dos pés de vocês, acumularam-se montes de pedaços de papel muito antigos. Sobre todos eles, há duas ou mais manchas grossas de uma massa dura e escura.

Um segredo venenoso

Os pedaços de papel podem ser importantes. Você sabe por quê?

Com um rosnado de advertência, Pablo recua. Continua colocando a língua para fora da boca, como se quisesse lambê-la.

– *O número não é por acaso* – murmura Tonatelli enquanto toca cuidadosamente um dos pequenos pergaminhos com a ponta do sapato, como se o papelzinho estivesse vivo e pudesse mordê-lo. O rosnado de Pablo vai aumentando.

– *Espere aqui!* – Tonatelli se afasta com passos ligeiros e volta rapidamente.

Nas mãos, segura uma grande pinça e uma caixa de papelão. Quando tenta abaixar-se para pegar os papéis, suas costas rangem estrondosamente. Com o rosto crispado de dor, deixa a pinça e a caixa caírem e coloca a mão na coluna.

– *Malditas dores* – reclama, com os dentes cerrados.

Inclinado para a frente, ele vai se arrastando para o corredor, chamando você.

– *Os papeizinhos, pegue-os e traga-os!*

Por que será que ele trouxe a pinça?

– *Só não ponha as mãos neles* – adverte o dono do museu, do lado de fora da sala.

Parece que os papéis são venenosos.

Tonatelli se esforça para descer as escadas. Cada passo é acompanhado de um pungente lamento.

– *Venha ao meu escritório! Pablo lhe mostrará o caminho!* – grita ele, lá de baixo.

A próxima coisa que você ouve é um grito indignado:

– *Já fechamos, podem ir embora!*

No salão de entrada, há uma pessoa que não é bem-vinda por Tonatelli. É a mesma mulher que antes estava ao seu lado, quando o dragão de pedra criou vida. Desta vez, ela parece uma lagartixa empertigada, que ergueu a gola da túnica ameaçadoramente. Os cabelos tingidos de um tom alaranjado são lisos e estão soltos. Na cabeça, ela usa um chapeuzinho oval com uma longa pluma. Debaixo do braço, a mulher carrega uma bolsa de couro de crocodilo. Uma visão melancólica, pois a cabeça do crocodilo ainda é bem visível, serve de fecho da bolsa, mordendo um grosso aro de metal. Inclinando-se e apoiando-se sobre um dos joelhos, Tonatelli olha a mulher da cabeça aos pés. Mas ela não lhe dá atenção, prefere mover seu nariz pontudo de um lado a outro do salão, como se ele fosse uma antena. Por trás da visitante indesejada, surgem duas pequenas figuras. À primeira vista, parecem crianças, mas na verdade são pessoas adultas, uma mulher e um homem. Com sua cabeça longa e estreita, a mulher lembra uma enguia. O homem parece um único pacote de músculos; com as mãos, ele abre e fecha uma vara metálica, como se ela fosse um clipe de escritório.

– *Fora daqui, Madusa!* – ordena Tonatelli raivoso, tentando enxotar a visitante indesejada.

Numa atitude protetora, os dois acompanhantes da mulher colocam-se à sua frente. O pacote de músculos ameaça com a vara, e a enguia mostra uma fileira de pontudos dentes de répteis, incomuns para uma boca humana.

Madusa puxa a cabeça de crocodilo para cima e esvazia o conteúdo da bolsa diante dos chinelos de Tonatelli. Areia e pequenos fragmentos de pedra caem de dentro da bolsa.

– O senhor está esperando o quê? Que as estátuas do telhado caiam lá de cima e os monumentos desçam de seus pedestais? Precisa acontecer uma desgraça para que finalmente o senhor mexa o seu gordo traseiro?

Quando Madusa fala, ela parece estar cuspindo. Pablo vem ajudar o seu dono. O cão se coloca à frente dele, os dentes à mostra, rosnando raivosamente. Madusa e os seus dois ajudantes não se impressionam.

– O senhor mantém segredos venenosos! A culpa é sua se os habitantes da cidade sofrem desgraças. O que está guardado neste museu não é para velhos de pernas claudicantes como o senhor!

Madusa faz uma careta de asco como se o senhor Tonatelli espalhasse um fedor horrível.

Tonatelli apoia-se com a mão em uma das colunas de pedra.

– **Suma daqui, imediatamente!** – exige ele, ofegante.

Como se ele não tivesse falado nada, a mulher ordena aos seus acompanhantes:
– *Raff! Zitana! A porta verde no final do corredor! Olhem bem o quadro de Michelangelo. É um quadro mágico que vai levá-los à época dele. Eu quero saber tudo sobre a câmara secreta e os sete lacres.*
O pelo das costas de Pablo fica eriçado.

Grrrrrrrr! O cão rosna forte como se quisesse estraçalhar os dois, reduzindo-os a pedacinhos. Mas eles não se perturbam. Raff dá um chute violento em Pablo, e o pobre cão desliza sobre o chão liso. Assustado, Pablo uiva e aterrissa num canto da sala, as quatro patas para cima.
– *Alguém precisa dar um fim a essa loucura!* – explica Madusa, num tom presunçoso, erguendo a gola com um enérgico movimento, enquanto passa por Tonatelli com passos decididos.

O segredo dos lacres

Você ouve o dono do museu reclamar, com a respiração pesada:

– *Para mim chega. Essa velha bruxa vai ver só!*

Ele acena energicamente para que você o siga, antes de dirigir-se mancando, encurvado, a uma pequena porta num canto escuro do final do salão.

– *Feche a porta!* – ordena ele, impaciente, e se deixa cair sobre uma cadeira de couro gasto, diante de uma pesada escrivaninha de madeira.

Estamos no pequeno escritório dele, onde, no chão, amontoam-se livros, cadernos e papéis. As prateleiras da parede inclinam-se para a frente por causa do peso, como se fossem desabar sobre vocês. Tonatelli abaixa-se para o lado e abre uma portinhola na parede. Por trás dela, encontram-se alavancas e interruptores com o formato de cabeças de diabo. Com as duas mãos, o senhor Tonatelli aperta e puxa todos os interruptores e alavancas, colocando-os numa determinada posição.

Pelo museu, ouvem-se gritos. Soam estalos e rangidos, como se muitos baús velhos se fechassem ao mesmo tempo. Portas batem. O som é parecido com o de uma orquestra de tambores.

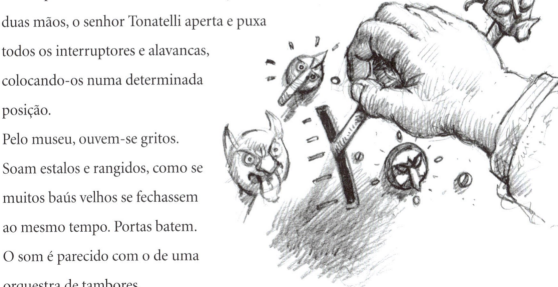

– *Estão trancados ou presos.* – O senhor Tonatelli dá uma tossidinha de satisfação. – *Essa Madusa se autodenomina alquimista e já tem todos os livros mágicos possíveis e imagináveis. Há muito tempo ela está de olho no museu e conhece alguns segredos. Mas eu nunca os venderei a ela.*

Pablo, já recuperado e de volta, abana o rabo para ser afagado e consolado por você.

– *Os papeizinhos, mostre-me os papeizinhos!* – Tonatelli pega a caixa, vira-a e joga os pedacinhos de pergaminho sobre a escrivaninha.

VOCÊ VAI ENCONTRAR SETE PEDAÇOS DE PERGAMINHO NO ENVELOPE QUE ACOMPANHA ESTE LIVRO. PEGUE-OS E OBSERVE-OS BEM!

Pablo fica se sacudindo, como se estivesse molhado. Ele espirra e cospe.

Tonatelli dirige-lhe um breve olhar, e uma grande ruga aparece em sua testa.

– *Pablo está sentindo alguma coisa. Algo não está certo com estes papéis.* – Devagar, Tonatelli consegue se levantar e ficar em pé, apesar das dores que parece sentir. Ele aponta um dos papéis com o dedo roliço. – *Veja... olhe só para isso. Já não vimos isso antes?*

Primeiro, Tonatelli pega o pedaço de papel com a pinça.

Ele o observa de todos os lados e o coloca contra a luz forte da luminária da sua escrivaninha.

Os desenhos no pergaminho parecem enigmas, não é mesmo? Só um dos símbolos combina com a cabeça do fauno. Mas o que significam essas manchas escuras? A expressão de Tonatelli se ilumina.

— Cera de lacre. Isto é cera de lacre. Sete papeizinhos com muitos lacres. A questão é descobrir o lacre certo.

Quando Tonatelli faz menção de tocar o lacre que está abaixo do desenho dos dedos, Pablo salta e tenta morder o seu pulso. Ele não morde com força, quer apenas deter o seu dono.

— *Veneno* — diz Tonatelli. Interrogativamente, ele olha para baixo, para Pablo, que está saltitando inquieto ao redor das pernas da cadeira.

— *Seu nariz é mesmo muito sensível. Você conseguiu farejar o veneno.*

Ele deixa o dedo deslizar para o lacre do símbolo certo. Pablo inclina a cabeça e abana a cauda, permitindo que Tonatelli toque a superfície escura.

— *Estranha, essa cera de lacre* — murmura Tonatelli. Ele passa o pedaço de pergaminho para você.

— *O que você diz disso?*

PEGUE O PERGAMINHO Nº 1 E PRESSIONE O DEDO POR ALGUNS SEGUNDOS SOBRE O LACRE EMBAIXO DO QUAL ESTÁ A SOLUÇÃO CORRETA. AO AQUECER O LACRE, A RESPOSTA APARECERÁ E VOCÊ VERÁ SE ACERTOU.

A PARTIR DE AGORA, SEMPRE QUE VOCÊ VIR A CORDA COM O LACRE, PROCURE O PERGAMINHO CORRETO. VOCÊ ENCONTRARÁ ALGO NELE QUE ACABOU DE VER NO LIVRO. PRESSIONE O DEDO POR ALGUNS SEGUNDOS SOBRE A SOLUÇÃO CORRETA, PARA AQUECER O LACRE. ANOTE TODOS OS SÍMBOLOS QUE VOCÊ ENCONTRAR DESSA MANEIRA.

Tonatelli arranca o pergaminho da sua mão e olha fixamente para o sinal que apareceu. Depois, segura um dos outros lacres sob a lâmpada quente. A superfície torna-se transparente e surge uma caveira. Mas muito rapidamente. A cera pega fogo, e uma chama azul se eleva, abrindo um buraco no papel. Tonatelli enfia-o numa jarra com água, apagando o fogo. Fragmentos pretos boiam no líquido e o cheiro de queimado se espalha pelo pequeno escritório. Agora ficou claro o que deve acontecer.

– *Você precisa encontrar os lacres certos e detectar os símbolos embaixo deles! O truque com a lâmpada é muito arriscado. Um dos símbolos podia ter pegado fogo!*

Tonatelli desenha o primeiro símbolo sobre a base de papelão da sua escrivaninha.

– *Os símbolos vão nos levar à câmara secreta* – diz ele, batendo com os dedos sobre a mesa. – *Sempre existiram boatos de que a história da câmara com os sete lacres era verdadeira. O segredo de Michelangelo está escondido ali. Isso pode realmente ter algo a ver com o dragão sobre o telhado. Precisamos descobrir.*

Pensativo, ele tamborila os dedos sobre a barriga.

– *Torna-se vivo o que é captado na pedra...* – murmura. Então, ele se vira para você e explica: – *Meu avô costumava me contar histórias de pessoas presas em estátuas de pedra. Seria por isso que essas estátuas parecem tão vivas. Tão vivas quanto as obras de Michelangelo.*

Tonatelli estende o resto dos pedacinhos de pergaminho para o seu cão.

– *Pablo, quais os lacres certos e quais os venenosos?*

Pablo recua, cambaleia, encolhe as patas e cai para o lado. Fica ali deitado, imóvel.

– *Pablo?* – O corpo todo do senhor Tonatelli treme. Ele engole em seco, para conter as lágrimas. – *Meu Pablo!*

As pernas do cão movem-se ligeiramente. Isso quer dizer que ele está respirando, mas deve estar muito mal.

– *O veneno!* – Tonatelli apoia as duas mãos sobre o tampo da mesa e se ergue. – *Pablo pegou um pergaminho e segurou-o com a boca!* E agora? Como podemos ajudar o cão?

– *Vá para a Sala Mágica! Olhe fixamente para os olhos do retrato de Michelangelo. Uma espiral do tempo vai levar você até ele!*

O senhor Tonatelli inclina-se em direção à caixinha da parede e com as duas mãos tenta ligar todos os interruptores e botões ao mesmo tempo.

ccccCCentelhas saltam pelos ares. Com um grito abafado, Tonatelli recua e cai sobre a poltrona de couro. O ar é expelido das almofadas do assento com o som de um suspiro – uuffff. Entre os interruptores e as alavancas surgem raios finos azulados. Eles cobrem a caixinha como uma teia de aranha luminosa. Pablo mexe uma orelha. Pelo menos está vivo.

– *A Sala Mágica não está funcionando!* – Tonatelli resmunga e conta quantas outras salas e aparelhos estão danificados. – *Aaah!* – diz ele, de repente. Deve ter lembrado algo importante. – *Ouça!* Enquanto o dono do museu fala com você, vai tirando as gavetas da escrivaninha e esvaziando seu conteúdo sobre a mesa. Logo, surge ali um amontoado de papéis, lenços, tabletes quebrados de chocolate, velhos jornais, clipes e pastas rasgadas. Mas, finalmente, Tonatelli encontra o que procura. É um pacote com velhos desenhos de cidades. Porém, no meio deles, há também cartões-postais atuais.

– *Olhe aqui, é Roma!*

Tonatelli segura um cartão-postal desbotado ao lado de um papel amarelado, sobre o qual havia sido desenhado, com poucos traços, um lugarejo.

– *Assim era Roma há 500 anos... quando Michelangelo vivia lá. Muitas vezes ele esteve lá a serviço do papa.*

Energicamente, ele aperta o desenho na mão.

– *O cavalete ainda funciona. Lá em cima, no ateliê, debaixo do telhado. Coloque o desenho nele, pegue um pincel e agite-o. Então, você será levado para lá. Para Roma. Procure Michelangelo. Pergunte-lhe sobre o veneno. Talvez ele saiba algo.*

O homem do capuz

Assim como o tempo voa, também voam os seus pés, aos quais você deve essa aventura. Isso tudo parece uma loucura!

Por uma porta verde aberta, você pode olhar novamente para o salão que tem os retratos de artistas famosos. Você vê agitarem-se no ar as pernas dos ajudantes de Madusa, saindo de um desses retratos. É como se a cabeça ali retratada tivesse abocanhado os dois.

Madusa ficou presa entre as duas folhas da porta, como se estas fossem mandíbulas de um crocodilo. Agitando-se e esticando-se, ela tenta se libertar, mas as folhas da porta apertam-se cada vez mais, não permitindo que ela se solte.

Os ajudantes de Madusa não conseguiram achar a pista de Michelangelo. Você sabe por quê?

Com um tom de voz suave e doce, ela sussurra para você:

– *Ajude-me a sair deste aperto, amorzinho. Se fizer isso, sua recompensa vai ser muito boa.*

Quando você passa por ela, o rosto bonzinho transforma-se numa careta horrível, e ela começa a lhe rogar uma praga:

– *Que os percevejos ataquem você e provoquem uma coceira terrível em lugares do seu corpo que você não consiga coçar!*

O ateliê fica no segundo andar, numa ala lateral do museu. Suas paredes chegam até o telhado, são inclinadas e de vidro. A chuva as deixou turvas. Apoiadas na parede, estão molduras de quadros em diversos tamanhos. O cheiro é de tinta, de cola, e há no ar um aroma de concreto úmido. Há apenas um único cavalete no meio da sala. Colocar o desenho de Roma sobre ele, um pincel na mão, agitá-lo, e...

De repente, parece que você está numa pista de *skate*, como se as solas dos seus sapatos tivessem criado rodinhas. Você sente que alguém lhe dá um forte empurrão por trás, na direção do cavalete. Você tem a impressão de que se atira sobre ele. Mas não há nenhum choque. Na verdade, você entra num túnel que se abriu à sua frente.

Não é nada fácil manter-se em pé! Pelas curvas do túnel, você vai entrando cada vez mais profundamente no desenho. O cheiro de tinta fica mais forte e se transforma – é agora uma mistura de cheiro de esterco, esgoto, lixo velho e água podre.

Você cai para trás e desliza pelo chão. O escorregão termina numa dura terra batida. Suas pernas se chocam contra um enorme bloco de mármore, de um branco brilhante. Funcionou! Você está na Roma antiga. A carreta de madeira, que passa por você, puxada por um boi, é só uma das coisas que provam isso. Mas o bloco de mármore à sua frente não é o único. Há outros. Você parece ter aterrissado numa floresta de blocos de mármore da altura de um homem. Para onde quer que olhe, em todos os lugares, vê blocos angulosos, em estado bruto, muitos deles ainda não trabalhados. Quantos são? 1, 2, 3, 4, 5, 6, 7, 8, 9, 10, 11, ... 20, ... 30, ... 40, ... 50, ... 60, ... 70, ... 80, ... talvez até 100!

Uma menina carrega dois cestos com frutas e legumes. Ela vai xingando e reclamando:

– Quando é que esse Michelangelo vai finalmente construir o túmulo para o papa Júlio II? Quando é que vai esculpir estátuas dessa pedra toda, para que possamos ter espaço aqui novamente?

Atrás dela, um homem usando calças grosseiras e um casaco desfiado carrega um saco pesado.

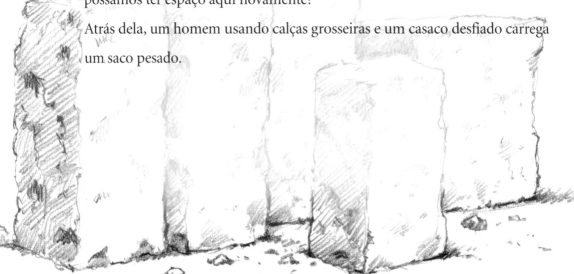

– Deverão ser quarenta figuras do tamanho de homens! Mas há meses Michelangelo só vai juntando as pedras, e ainda não começou a fazer nada! Entre dois blocos, que estão próximos um do outro, aparece alguém usando um hábito de monge marrom-escuro. A cabeça está oculta na sombra do amplo capuz. As mãos longas e magras desaparecem dentro das mangas largas.

– **Um tratante, esse Michelangelo** – diz o homem encapuzado, com uma voz aguda que soa forçada.

Isso parece interessante.

Na nossa época, todos falam de Michelangelo só com muito respeito.

O homem e a menina, provavelmente criados de senhores ricos, param e colocam o cesto e o saco no chão. Desconfiados, observam a figura misteriosa, que aparentemente quer manter o rosto escondido. Com ar de advertência, ele diz:

– **Protejam-se. Protejam-se de Michelangelo. Ele está em contato com o mal. Numa câmara secreta, ele mantém um segredo tão escuro como a sua alma.**

– O que mais você sabe? – perguntam os dois criados ao homem encapuzado.

– Alguma vez vocês já viram esse Michelangelo?

Pelo tom do encapuzado, pode-se perceber que ele não tem nada de bom para dizer...

– Fala-se muita coisa a respeito dele. – A menina agita a mão significativamente.

O homem encapuzado fica com pena dos dois.

– Pobre gente... se vocês soubessem o que Michelangelo guarda na sua câmara secreta!

– O quê? O que ele guarda, afinal? – O criado e a criada aproximam-se curiosos do encapuzado, que recua e faz um sinal para que mantenham a distância.

Com a voz misteriosamente baixa, ele prossegue:

– Suas estátuas não parecem vivas?

– Ele é famoso. Todo mundo fala dele. Assim como de Leonardo da Vinci e de Rafael! – diz a criada, orgulhosa do seu conhecimento.

– **E quando ele consegue transformar seres vivos em pedra?**

O encapuzado fica olhando de um para outro dos seus interlocutores, lá do fundo do escurinho do seu capuz...

– Isso não é verdade – diz o criado. Mas, hesitando, ele acrescenta: – Ou será que é?

– **Há um motivo pelo qual Michelangelo trancou sua câmara secreta com sete lacres.**

O encapuzado prepara-se para ir embora, mas a mulher o agarra pelo hábito e o segura. Nervoso, ele afasta a mão dela.

– Onde está essa câmara secreta? – pergunta a moça, quase cochichando.

O encapuzado ergue os ombros.

– **Se ele resolver levá-los até lá, vocês saberão** – comenta ele, ameaçador.

Os dois criados querem saber mais – só que um cavalo se aproxima, galopando.

> **ATENÇÃO:**
> **NO PERGAMINHO Nº 2, VOCÊ VAI ENCONTRAR**
> **ALGO QUE HÁ POUCO VIU AQUI.**
> **ABRA O SEGUNDO LACRE.**

Pare, Michelangelo, pare!

Em grande velocidade, um homem passa a cavalo. Com ar decidido, projeta a cabeça para a frente. Um longo manto esvoaçante cobre os seus ombros e as suas costas. Com a mão, ele vai tocando o cavalo. Curioso, o criado estica o pescoço, e a moça ao seu lado fica nas pontas dos pés, para ver melhor aonde o cavaleiro se dirige. Do palácio, que fica atrás dos blocos de mármore, saem guardas usando calções bufantes e empunhando alabardas. Um deles agita os punhos, ameaçador, atrás do cavaleiro.

– O que está acontecendo? Quem é aquele que está fugindo? – tenta saber o encapuzado, num tom de voz grave.

O guarda parece saber quem se esconde por baixo do manto. Deve ser alguém que ele respeita muito. Com passos duros, ele passa veloz e informa:

– **Michelangelo está fugindo**. O papa o chamou para que construísse o seu túmulo, mas agora decidiu que não quer mais. Michelangelo teve um acesso de raiva. Quer ir para Florença e não fazer mais nada para o papa, nunca mais. Mas estamos atrás dele, e vamos pegá-lo.

Não é à toa que Michelangelo ficou furioso. Só para providenciar os blocos de mármore, que pesam tanto quanto um pequeno elefante, foram necessários vários meses.

A criada pega uma maçã do cesto e a morde com vontade.

– Nem sempre ele tem sorte com os figurões importantes, esse Michelangelo.

– O que você disse? – O criado pega a maçã da mão da mulher e a devora com grandes e rápidas mordidas.

– Uma vez, Piero de Médici pediu que Michelangelo construísse uma estátua de neve. Um homem de neve. Aquilo que o duque manda, o artista tem de fazer, se quiser continuar ganhando dinheiro e morando no palácio.

A mulher exibe um sorrisinho de satisfação ao mostrar que pessoas famosas, como ele, também têm de se submeter a grandes senhores...

E agora? A fuga de Michelangelo de Roma significa que você terá de ir a Florença e procurá-lo por lá. Pablo precisa de ajuda urgente. Como você conseguirá ir até Florença? A cidade está a uma distância de duzentos quilômetros, e a única coisa que você pode fazer é ir a cavalo ou pegar uma carruagem.

E como conseguirá voltar ao museu do senhor Tonatelli?

O homem encapuzado se abaixou para pegar um pedaço de mármore do tamanho de um punho, que se destacara de um dos grandes blocos. A abertura do capuz está voltada na sua direção. Do interior escuro, pode-se ouvir o homem bufar de raiva.

Isso parece perigoso. Pelo jeito, o encapuzado não gosta de você. O que não é de admirar, afinal você está usando roupas modernas, estranhas para ele. Numa Roma de quinhentos anos atrás, você chama a atenção, como se fosse de outro planeta. A mão do encapuzado se ergue e, com um grito enfurecido, ele atira a pedra na sua direção.

Pegue-a!

A grande pedra com a superfície irregular chega às suas mãos.

Um dedo magro e em riste aponta para você.

– *Xereta! Tratante! Mensageiro do diabo!* – exclama o homem,

por baixo do capuz.

O criado e a criada olham para você, como se você tivesse patas de cavalo e

olhos cintilantes. O criado grita chamando o guarda. Do palácio, saem vários

guardas com as alabardas em punho, prontas para o combate.

Você precisa fugir! A coisa está ficando feia!

O barulho de algo sendo sugado se eleva às suas costas. O túnel se abre

novamente e vibra como uma máquina de lavar. Um passo para dentro dele

é suficiente. O redemoinho arranca seus pés do chão. O túnel sobe e torna-se

um tubo deslizante, com um movimento espiralado rente ao solo.

Você *deslíííííííííííííííííííííííza* em alta velocidade e, sob o seu

traseiro, o tubo parece queimar de tão quente. O calor torna-se insuportável, e

o tubo parece um forno. Então, ele chega ao fim. Você entra em queda

livre e cai num recinto claro, sobre um chão duro. *Aaaaaaaaaa*

A aterrissagem foi mais suave do que o esperado, graças ao senhor Tonatelli. Você pousou sobre a barriga do dono do museu, e agora ele está deitado no chão. Você deve tê-lo derrubado. Tonatelli continua com o desenho da Roma antiga nas mãos. Está com os braços erguidos, sacudindo o desenho, como se tentasse fazer você sair dele. Dolorido, ele fala:

– *Sorte sua que eu gosto de comer. Minha barriga foi a sua salvação.*

Você precisa ajudá-lo a se levantar, porém, mesmo de pé, ele continua curvado, por causa das suas dores nas costas.

Como ele sabe disso?

– *Você chegou tarde demais. Michelangelo já havia partido* – comenta ele, frustrado. – *Precisamos de um novo plano.*

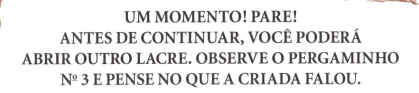

**UM MOMENTO! PARE!
ANTES DE CONTINUAR, VOCÊ PODERÁ
ABRIR OUTRO LACRE. OBSERVE O PERGAMINHO
Nº 3 E PENSE NO QUE A CRIADA FALOU.**

À pedreira!

A pedra de mármore continua na sua mão. É um mármore bruto, não é tão liso e brilhante quanto uma pedra polida e trabalhada. Tonatelli vê a pedra e a toma de você. Imitando Pablo, ele começa a cheirá-la.

– *É de um bloco de mármore que Michelangelo escolheu...* – Você o ouve pensar em voz alta. – *Esta pedra poderá levar você até ele!*

Mas como?

Encostada na parede, há uma bengala em cujo cabo de prata está esculpida uma cabeça de leão. Apoiando-se nela, Tonatelli sai do ateliê de pintura. Continua falando enquanto caminha.

– *Algumas coisas já estão funcionando de novo no museu.*

Quando chegam à porta que está prendendo Madusa, vocês são recebidos por uma torrente de xingamentos equivalente à que um guarda reservaria para um ladrão.

– *Abra a porta, seu maldito teimoso! Vou me vingar, e isso vai te doer mais do que o seu problema de coluna!*

O senhor Tonatelli acena displicentemente e não se preocupa mais com a visitante indesejada.

– *É muito estreito!* – adverte ele. – *Eu mesmo nunca conseguiria entrar lá...* – Ele passa a mão livre sobre a barriga. – *Ficaria preso como uma rolha na garrafa.*

Ao chegar ao salão, ele para e aponta as colunas com a bengala.

– *Toque-as!*

Como? Para quê?

Impaciente, ele vira a bengala na sua direção, incitando você a começar logo. Portanto, você deve estender os braços e passar as palmas das mãos sobre a superfície lisa das colunas de pedra. Elas são de mármore vermelho, verde e branco, entremeado de veios escuros.

Interessante! As colunas estão todas frias. Apenas uma está quente – a que está bem perto do escritório do dono do museu.

Tonatelli fica muito satisfeito.

– *Achamos!* – exclama ele, triunfante, batendo a bengala no chão. – *Não se esqueça disso! Você acaba de aprender como distinguir as colunas de mármore verdadeiras das falsas. O mármore verdadeiro é sempre frio. Se a coluna for de madeira, mas pintada como se fosse de mármore, ela fica quente.*

Então ele lembra que vocês precisam encontrar Michelangelo com urgência.

– *Salte!* – ele grita.

O que ele quer dizer?

– *Salte!* – repete o senhor Tonatelli, enfático. Ele fica irritado com a sua expressão confusa. – *Mas que burrice, a minha!* – ralha o homem enquanto se dirige para a coluna de mármore falsa.

Como se procurasse alguma coisa, ele olha a coluna de cima a baixo e fica dando pulos em volta dela.

– *Primeiro, precisamos nos livrar da coluna. Onde está a trava dela?*

Ele diz a você:

– *Você precisa ir à pedreira de Siena. Não, de Lucca. Não, ele está em Montepulciano. Ou seria Carrara? A palavra deve estar escrita em algum lugar por aqui. Veja se consegue encontrá-la. Meus olhos não são mais os mesmos.*

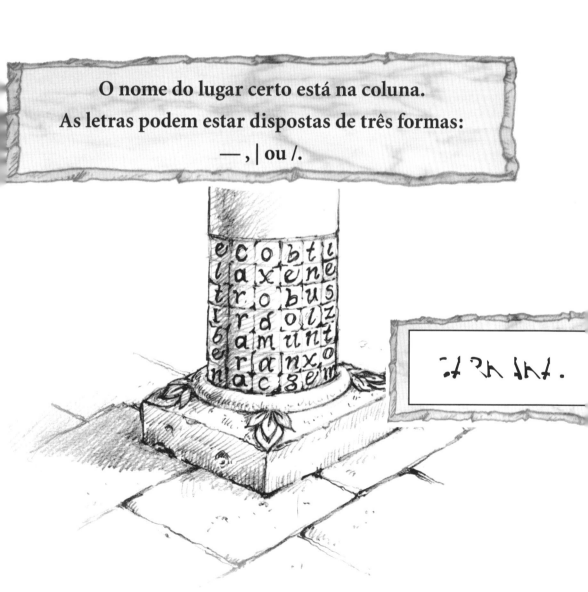

– *Aperte as letras conforme a sequência* – exige o senhor Tonatelli.

As teclas de pedra rangem e só com grande esforço de sua parte deixam-se empurrar para dentro da coluna. É **muuuuuuito** difícil.

Mas vale a pena. Novamente, uma surpresa acontece no museu. Ouve-se um chiado vindo do teto. E, então, começa um forte rangido, um ruído de coisas se arrastando. Como que puxada por grossas correntes, a coluna se ergue e, debaixo dela, vê-se um buraco redondo no chão.

– *Jogue a pedra lá dentro!* – grita o senhor Tonatelli, nervoso.

Será que isso é um poço?

A pedra *cai* ... e aterrissa com um... PLOFT!

Você se inclina sobre a borda. Lá do fundo, surge uma luz. É uma luz solar, como se lá embaixo houvesse um outro mundo, em vez de um poço ou algo assim.

– *Salte! Nada poderá acontecer a você!*

Tonatelli parece ter enlouquecido. Ele empurra você para o buraco e você

Lá em cima, Pablo late. Será que ele se recuperou? Ou está delirando?

O bloco deslizante

Assim é que deve se sentir um anjo quando pousa na Terra. Tão logo suas pernas mergulham no buraco e são atingidas pela clara luz do dia, a sua queda vai ficando mais lenta. Nos últimos metros, você flutua e, de cima, tem uma vista maravilhosa da pedreira.

Como se fossem gigantes fazendo dados para um jogo, os trabalhadores vão retirando blocos de pedra da rocha.

Espantoso! Muito espantoso! Tudo isso acontece em algum momento há mais de quinhentos anos. Naquela época, não existiam dinamite nem brocas pneumáticas. Como é que as pessoas conseguiam retirar da montanha esses blocos gigantes, duas ou três vezes mais altos que elas?

O ar na pedreira de mármore é preenchido pelo som das pancadas de inúmeros martelos, pela raspagem dos cinzéis e pelos gritos dos homens.

Que loucura! Como naquela época ainda não existiam caminhões, os blocos de mármore eram transportados em trenós feitos com diversos troncos de árvores amarrados juntos.

Deslizando, rangendo e batendo no chão, um trenó move-se barranco abaixo, acompanhado de inúmeros pedaços de pedra que rolam e saltam pelo trajeto.

Nove homens o seguram com fortes cordas por trás, para impedir que ele se solte e deslize pelo barranco.

– Que coisa doida é você?

Quem foi que falou isso?

Puxa vida! Seus pés ainda não tocaram o chão. Falta pelo menos um metro. Logo abaixo, uma pequena figura protege os olhos com a mão contra o sol forte e olha para você. À primeira vista, o pequeno parece um fantasma. Do rosto e da cabeça cobertos de pó branco, saltam dois olhos azuis. As mãos, a camisa torta e a calça rasgada também estão cobertas de uma grossa camada de pó branco.

Finalmente as solas dos seus sapatos tocam o chão. Mas não é um fantasma que estica o dedo e espeta você com força... Uma boca pequena em que faltam vários dentes se abre e lhe dá um sorriso.

– Você é artista de circo, desses que ficam viajando por aí e fingindo que sabem voar?

No barranco acima, os homens continuam se esforçando para transportar o bloco de pedra. As cordas rangem, esticadas. A isso, mistura-se o forte resfolegar dos trabalhadores. O trenó dá um tranco e escorrega levemente para o lado.

– Mais firme! Segurem mais firme! – grita um homem.

Uma das cordas rompe-se com um estalo surdo, e a extremidade do bloco dá um tranco para trás, batendo na cabeça do homem que a segurava. Gemendo, ele cai no chão.

As amarras que mantinham os troncos de árvore unidos arrebentam, e o trenó se rompe.

Os troncos começam a rolar e o bloco de mármore escorrega sobre eles, em direção ao vale.

O menino ao seu lado, que deve sua aparência branca ao pó de mármore, olha atônito para o enorme bloco de pedra.

O bloco desliza velozmente, como um monstro pré-histórico, e tomba sobre o canto da rampa de terra, vindo na direção de vocês.

Afastem-se! Saiam do caminho!

O chão treme e vibra.

O pó escuro ergue-se como uma nuvem de tempestade. Farpas de madeira e pedaços de pedra cortantes, misturados à terra, enchem o ar.

Como se estivesse hipnotizado, o menino observa o terrível espetáculo e permanece de pé, no meio do caminho, enquanto o bloco de mármore desliza em alta velocidade. Você precisa puxá-lo. Pegue-o pelo braço.

Saia! Saia! Saia!

Vocês aterrissam sobre um arbusto ressecado, que vai ao chão com raízes e tudo, amortecendo a queda.

O bloco de mármore passa por vocês aos trancos, só dois ou três passos à sua frente. Ali onde o barranco acaba e o chão fica plano, termina a viagem dele.

Na pedreira, há um silêncio fantasmagórico. O chamado preocupado de um homem ecoa dos barrancos de pedra.

– Donatella? Você está aí, Donatella?

A figura empoeirada ao seu lado tosse e cospe. Sua voz está rouca de tanto pó. Seus olhos azuis, grandes e brilhantes, encaram você como se estivessem vendo um espírito.

– Você não é artista! Você é um anjo. Você salvou a minha vida!

O menino é uma menina com roupas de menino.

– Papai vai me dar uma bronca. Eu não devia estar no meio dos trabalhadores. Ele me proibiu.

Donatella esconde-se atrás de você quando os homens passam, resmungando e xingando. Vai ser um serviço duro para eles puxar o bloco de mármore até o começo da estrada que leva ao rio. Ele vai ser transportado por um barco.

Vocês não são descobertos. O olhar dos homens dirige-se apenas ao bloco de mármore. Donatella inclina-se agradecida à sua frente e até junta as mãos. Será que ela viu Michelangelo? Ela confirma, balançando a cabeça.

– Mas já faz algumas semanas!

Para você, essa informação não serve de nada.

– E aqui já apareceu alguém que também perguntou por ele!

Donatella agita-se. Com as mãos, ela desenha no ar um longo manto e um capuz!

– *Nunca vi o rosto. E a voz era bem rouca...* – Apesar de a menina não parecer medrosa, ela titubeia. – *Até mesmo os trabalhadores fizeram o sinal da cruz, quando o homem encapuzado apareceu.*

Mas o que será que ele veio fazer na pedreira?

Donatella olha em volta, para ver se por acaso ele estaria por perto.

– *Ele falou de uma gruta secreta. Trancada e lacrada, é como ela deve ser.*

A câmara secreta de Michelangelo! Portanto, ela se encontra na pedreira de mármore. Mas onde?

Em voz baixa, Donatella se desculpa por não saber.

– *Mas eu descubro, até você descer do céu novamente. Você vai voltar para me proteger, não vai?*

O melhor a fazer naquele momento é ficar em silêncio.

Um pouco adiante, um homem carrega um tronco de árvore, que ainda possui alguns galhos com folhas secas prateadas.

– *Agora eles vão extrair outros blocos* – explica Donatella, rapidamente, feliz por poder dizer alguma coisa a você.

Ela guia você montanha acima e mostra-lhe como isso é feito.

Primeiro, eles procuram um longo veio transversal na pedra. Então, uma fenda profunda é cavada sobre o veio. Nela, são enfiadas cunhas de madeira de oliveira, borrifadas com água. A madeira começa a inchar e com isso exerce tremenda força.

A pressão ao longo do veio separa o bloco de mármore da montanha.

**VOCÊ JÁ PODE ABRIR OUTRO LACRE.
VEJA O PERGAMINHO Nº 4!**

Das nuvens, desce uma voz profunda, interrogativa:

– *Você o encontrou?*

Donatella se agarra no seu braço, engole em seco e olha temerosa para o céu.

– *Você vem me buscar? Você é a morte? Foi Deus que te enviou?*

Não ia adiantar nada contar a ela sobre o Museu da Aventura e o poço que levou você até ali.

– *Para voltar, simplesmente jogue uma pedrinha de mármore para o alto!*

É melhor voltar para o museu. Mais tarde, você poderá retornar à pedreira. Para isso, você pega um pedacinho de mármore e joga-o para o alto!!!

O chamado do pássaro da morte

Boas notícias!

Uma força invisível puxa você de volta para dentro do poço redondo, até o saguão de entrada do museu. De repente, você se vê no chão ao lado de Pablo. Animado, ele lambe o seu rosto com a língua áspera. Pablo pula e empurra você para trás. Abanando a cauda, ele fica de pé sobre a sua barriga e comporta-se como se não visse você há meses.

– *O veneno não está mais agindo* – informa o senhor Tonatelli, aliviado, para logo depois tratar de se fortalecer com várias bolotas de chocolate.

Pablo demonstra a todos a recuperação da sua saúde, mendigando imediatamente uma dessas guloseimas.

Más notícias!

– *Madusa conseguiu libertar-se. Aquelas duas meias-porções de gente também sumiram!*

Com um lenço xadrez, Tonatelli limpa o suor da testa.

– *Certamente, não foram embora do museu. Mas não consigo encontrá-los em lugar algum.*

Restam três pergaminhos. Três lacres ainda não foram abertos. Você deveria ter procurado a pista da câmara secreta na pedreira...

Ainda mancando, Tonatelli deixa o edifício e faz um esforço enorme para descer as escadas. Coitado! Curvado como uma letra C, ele para e ergue os olhos, examinando o dragão de pedra na quina do telhado. Pablo e você seguem o olhar dele.

Cinzenta, rígida e orgulhosa – é assim que a estátua está agora.

Uma forte rajada de vento passa por vocês e traz nuvens negras. Apesar de ainda ser de tardezinha, parece que anoiteceu. Nas beiradas do telhado, muitas corujas de pedra estão empoleiradas. Quase ao mesmo tempo, quatro, seis ou até mais mexem a cabeça, que parece estar solta sobre o corpo. De repente, elas começam a girar, e do bico de cada uma sai um som estridente.

CRIII! CRIII! CRIIIUU!

Como que impulsionada e içada pela forte ventania, Madusa parece flutuar, rodeada por seu manto esvoaçante, e sai pela porta do museu. Ela atira a cabeça para trás e solta uma risada tão esganiçada que lembra o som de vidro se estilhaçando.

Descendo as escadas lentamente, ela encara vocês com olhos tão grandes e redondos quanto os das corujas. A cor da sua pele é de um amarelo venenoso, no qual cintilam pontos esverdeados.

– *Tonatelli, seu idiota!*

Por que ela ri assim?

– *Está ouvindo o chamado dos pássaros da morte? Quando se ouve o chamado, é porque logo alguém vai morrer!*

Madusa aponta o dedo indicador ossudo para Tonatelli, depois para você e, finalmente, para Pablo.

– *Quem será? O senhor? Você? Ou o cachorro?*

O senhor Tonatelli, geralmente tão seguro de si, põe a mão no coração e respira fundo.

– *Pare de falar assim, Madusa!*

Ela nem lhe dá atenção, mas vira-se com um movimento rápido. O manto esvoaça e atinge você no rosto.

– *O dragão está vivo!*

A voz dela é um grito estridente na ventania que fustiga o museu.

Olhe! Ela tem razão!

Duas asas cinzentas abrem-se sobre o beiral de pedra da entrada. Elas se estendem como se quisessem agarrar as quinas do museu. A boca do dragão se abre, mostrando fileiras de dentes pontiagudos.

Então, o dragão também começa a gritar. É um grito agudo, que faz Pablo pular nos seus braços, de tanto medo. Mas logo ele se lembra da própria coragem e começa a latir furiosamente na direção do monstro. O corpo inteiro do cachorro vibra.

O dragão desce do telhado e avança sobre vocês como uma enorme sombra cinza-escuro. Você consegue fugir, mas o senhor Tonatelli não é tão rápido.

A figura de pedra, que se tornou viva, ameaça abatê-lo. Madusa, que está ao lado dele e poderia intervir, nem se mexe. Apenas inclina a cabeça para o lado, quando a estátua passa voando um pouco acima dela.

O farfalhar de suas asas é mais forte que o da folhagem de um enorme e velho carvalho na tempestade. Aproveitando as rajadas de vento ascendentes, o dragão voa em zigue-zague, sobe em direção ao céu e desaparece por trás da fachada de vidro de um edifício comercial.

Madusa transformou-se completamente. Cheia de presságios sinistros, ela segue o animal de pedra com o olhar.

– *Ele trará morte a esta cidade. E tudo por sua culpa, Tonatelli!*

Com movimentos desesperados e o rosto crispado de dor, o dono do museu tenta se endireitar.

– *Seu museu é um portal para os poderes ocultos das profundezas. Não pode ficar nas mãos de um grosseirão como você!*

Pablo fica saltitando na calçada, latindo desesperadamente em direção ao telhado do museu, sobre o qual as corujas de pedra já retomaram suas posições rígidas.

Então, Madusa faz algo inusitado. Ergue o polegar por trás das costas, como se quisesse comunicar a alguém, secretamente, que está tudo em ordem.

Para quem seria destinado aquele sinal? Por que ela apontou em direção ao museu?

Com uma expressão queixosa, ela comprime os dedos indicadores sobre os ouvidos.

– *Faça o cachorro se calar!* – exige, com a voz lamurienta. Então, estica o queixo para a frente e vai embora, pisando duro.

Mas onde estão os seus ajudantes, Raff e Zitana?

Tonatelli balança a bengala e pensa em algo para dizer a Madusa. Como não lhe ocorre nada melhor, deixa escapar uma ofensa.

– **Sua lagartixa gosmenta!**

Siga o caminho dourado

Sobre o museu arma-se uma tempestade. As primeiras gotas grossas batem no asfalto, formando grandes manchas irregulares. Tonatelli foge com você para dentro do prédio. Pablo continua latindo, como se quisesse bater um recorde. Ele corre para a escada e quer subir, mas volta correndo até vocês e bate com as patas no chão para chamar a atenção.

O que será que ele tem?

O senhor Tonatelli tamborila com os dedos na barriga e pensa:

– *Só o próprio Michelangelo pode nos dizer o que acontece na sua câmara secreta. Você precisa falar com ele.*

De volta ao escritório, Tonatelli vasculha nervosamente todos os cantos possíveis, e por um tempo só se ouve ele repetir:

– *Não funciona. Ainda não. Preciso consertar. Está com defeito.*

Enquanto isso, segue entoando várias vezes a mesma frase:

– *Não acredito! Não acredito!*

Pablo está apoiado com as patas dianteiras no primeiro degrau da escada que leva ao andar superior, onde continua a rosnar. O que está havendo lá em cima?

Tonatelli volta com uma grande argola na mão, cheia de chaves longas e antigas tilintando.

– *Há muito tempo não vou lá. Mas é o melhor caminho para encontrá-lo!*

O que ele quer dizer com isso permanece um enigma. Impaciente, ele acena
para Pablo e você o seguirem. Passando por uma pequena escada nos fundos,
ele os conduz para um jardim malcuidado, sem se preocupar com a chuva.
O objetivo de Tonatelli é chegar a um portão preto de grades de ferro fundido.
O portão está ali, rodeado de rosas silvestres. Através das grades de ferro
pode-se ver um pequeno tanque com juncos e aguapés, que ocupa
a parte de trás do jardim.

– **Precisamos encontrar a chave certa!** – Tonatelli ergue o molho de
chaves e examina uma após a outra. Todas elas são diferentes. São chaves para
portões e portas antigas. Têm formas que você nunca viu antes. – **Qual é a
chave de Michelangelo?**

A fechadura range quando o senhor Tonatelli gira a chave. Um mecanismo
muito antigo começa a funcionar meio a força e empurra a lingueta da
fechadura.

As grossas dobradiças da grade do portão rangem alto e cantam desafinadas
como os piores cantores de sua classe.

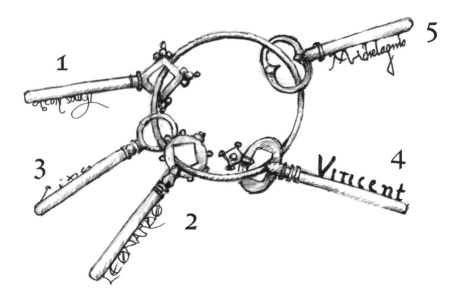

A dor nos ouvidos é rapidamente esquecida diante da visão que surge quando você vê o jardim. Atrás do portão, não há mais aquelas árvores nodosas. O tanque sumiu. Em compensação, você vê uma extensa área plana sobre a qual há uma luz dourada.

Que chave levará a Michelangelo?

— *Michelangelo é o melhor escultor do mundo* — diz Tonatelli, respeitoso, e faz um gesto convidativo. — *Suas estátuas mais famosas aparecerão se você seguir pelo caminho dourado.* Enquanto ele diz isso, pedras brilhantes vão surgindo a partir do solo arenoso e formando sob os seus pés uma trilha sinuosa, que alcança o horizonte.

— *Siga sempre em frente nesse caminho. Pablo vai ser sua companhia. Você só poderá falar com Michelangelo uma vez. Escolha um momento em que ele puder ouvir o que você tem a dizer e lhe responder. Não faça isso quando ele estiver profundamente concentrado no trabalho.*

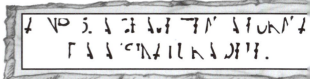

Enquanto, ao redor de vocês, a chuva continua caindo, uma brisa quente vem ao seu encontro, pelo portão gradeado. Pablo coloca as patas com cuidado sobre o caminho dourado, como se este pudesse se quebrar a qualquer momento. Passo a passo, vocês vão tocando os pés no chão e avançando por essa terra desconhecida. Quando você se vira, vê lá atrás, através de uma abertura em arco, o senhor Tonatelli de pé no jardim verde-escuro, molhado de chuva. Com cuidado, ele fecha o portão. A fechadura range e com um clique o portão é novamente trancado.

Extraídos da pedra

À sua esquerda, a areia forma um turbilhão, como que agitada por um forte redemoinho.

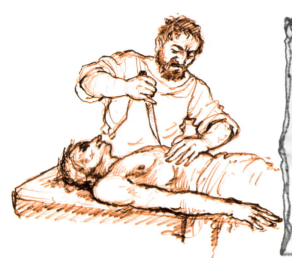

Michelangelo é fascinado pelo corpo humano. No porão de um hospital, ele disseca os mortos. Examina cada músculo e cada tendão, para descobrir como interagem. O mau cheiro à sua volta é horrível. Muitas vezes, seu estômago chega a embrulhar. Mas ele não se importa com isso: seu único desejo é desvendar os mistérios do corpo.

Um dos seus primeiros trabalhos foi este relevo. Nele está representada uma luta intensa. Michelangelo gostava tanto deste entalhe que até o pendurou na parede do seu ateliê.

Michelangelo usava diversas ferramentas: com o cinzel pontudo de ferro, ele tirava os pedaços maiores de pedra; com o cinzel dentado, extraía as formas do duro mármore. Para detalhes mais delicados, usava um cinzel de lâmina lisa cortante. E com a lima e a grosa, alisava a pedra.

Michelangelo fazia algumas estátuas totalmente lisas e brilhantes. Mas outras ainda mostram vestígios dos seus cinzéis.

Ele sempre esculpia as figuras em um único bloco de pedra. Nunca juntava vários blocos, como faziam outros escultores de sua época.

Elas precisam parecer vivas!

Michelangelo não terminava todas as suas estátuas. Mas aqui você pode ver como ele extraía as formas humanas da pedra.

Quando Michelangelo encontrava um veio escuro na pedra, às vezes ele destruía toda a estátua. Uma vez, quis esculpir uma mão. Quando descobriu uma mancha escura na pedra, mudou o projeto. Transformou a mão numa máscara horrenda. O braço da figura foi para trás das costas.

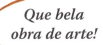

Que bela obra de arte!

Dizem que foi um artista de Pisa que a fez!

Ao saber dessa confusão, Michelangelo foi secretamente, à noite, até a estátua, e gravou seu nome nas vestes sobre o peito da Virgem Maria.

MICHAEL·ANGELUS·
BONAROTUS·FLORENT·
FACIEBAT

Traduzindo, isso significa: Michelangelo Buonarroti de Florença fez esta estátua.

**VEJA O PERGAMINHO Nº 5!
VOCÊ PODE ABRIR OUTRO LACRE.**

Davi

O caminho dourado passa subitamente pelas vielas de uma cidade. As pedras do calçamento perdem o brilho e ficam acinzentadas. As casas baixas, pintadas de amarelo, rosa-pálido e branco-esverdeado, são bem encostadas umas nas outras. Sobre um largo rio de forte correnteza, estende-se uma ponte, ao longo da qual foi construída uma fileira de pequenas lojas. Aos gritos, um vendedor ambulante oferece melões.

– Os melhores de Florença! – grita o vendedor, empolgado.

Ele está nu. Totalmente nu. Que coisa horrível!

Durante cinco dias, três dúzias de homens se esforçaram para levar a estátua ao Palazzo Vecchio.

O bloco de pedra ficou ali por tantos anos! É o dobro do meu tamanho.

A ideia de Michelangelo foi aceita pelo conselho da cidade. Mas o que será que ele está fazendo com o mármore?

Michelangelo trabalhou dois invernos e três verões na estátua. Ao seu redor, há um tapume de madeira.

Hoje, finalmente, poderemos vê-la.

Deverá ser um símbolo da resistência de Florença. A cidade sofreu muitos ataques.

Você está na cidade em que Michelangelo viveu por muito tempo. Será que agora irá encontrá-lo?

Sobre a ponte, vendem-se coisas de todo tipo, de tecidos brilhantes a travessas entalhadas e cálices de prata. Joias também são oferecidas a quem passa.

Mas a maioria dos cidadãos não tem olhos para as mercadorias; eles correm apressados em direção às casas de Florença.

Um cão peludo os acompanha. Entre os seus dentes, há um grande osso. Pablo lambe a boca. Bem que ele gostaria de ter um osso como aquele.

Agitadas, as pessoas conversam entre si. A tensão paira no ar, como antes de uma grande partida de futebol.

Numa viela, para onde as pessoas se dirigem correndo, há uma violenta briga. O motivo é um arco de pedra, que se estende de um lado a outro da viela, ligando duas casas. Homens com pesados martelos de pedra sobem por uma escada para destruir o arco. Um homem magro grita e sacode a escada. Furioso, atira seu gorro no chão e o pisoteia.

– Vocês não vão destruir nada! Esse *Davi* deve ficar onde está! Eu não o quero!

O rapaz no alto da escada cospe na mão.

– Mestre Michelangelo quer que a estátua seja colocada na grande praça. Mas ela não passa por baixo deste arco de vocês. Por isso, ele precisa ser removido.

– Não, não, não, seus grosseirões!

A cabeça do homenzinho fica vermelha, cor de sangue, e parece que ele vai explodir a qualquer momento. A bronca não serve para nada. Os martelos começam a quebrar as pedras e o arco desmorona. Pablo sobe no entulho e late para chamar a sua atenção. Você deve segui-lo.

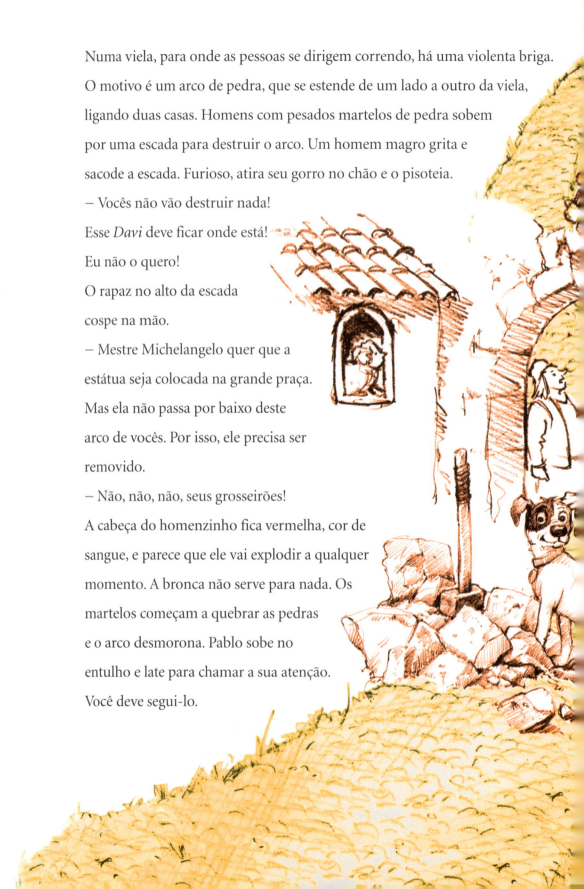

Quando vocês dobram a esquina, o barulho aumenta: como a viela é muito estreita, um pedaço da casa foi demolido.

Mais adiante, há outro grande tumulto. Aos gritos de "Bravo!", misturam-se xingamentos e lamúrias indignadas.

A estátua de mármore branco ergue-se acima da cabeça dos habitantes. Ela representa um jovem rapaz. Aos trancos, vai sendo empurrada sobre uma plataforma de madeira, que rola para a frente sobre grandes troncos de árvore.

Esse *Davi* parece agradar a muitas pessoas, mas algumas ficam chocadas com sua nudez. Apesar de os homens que transportam a estátua terem ombros largos e músculos fortes, precisam se esforçar muito para movê-la.

O sol poente tinge os telhados das casas de um vermelho-acobreado. Guardas com elmos e lanças dispersam a multidão. Eles se posicionam em volta da estátua para protegê-la.

Mesmo assim, algumas pessoas ainda estão bastante enraivecidas. Elas poderiam tentar, sorrateiramente, danificar o *Davi*.

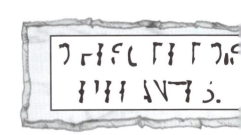

Quanto você acha que pesaria uma estátua como essa? Tanto quanto um carro, um caminhão ou dois elefantes?

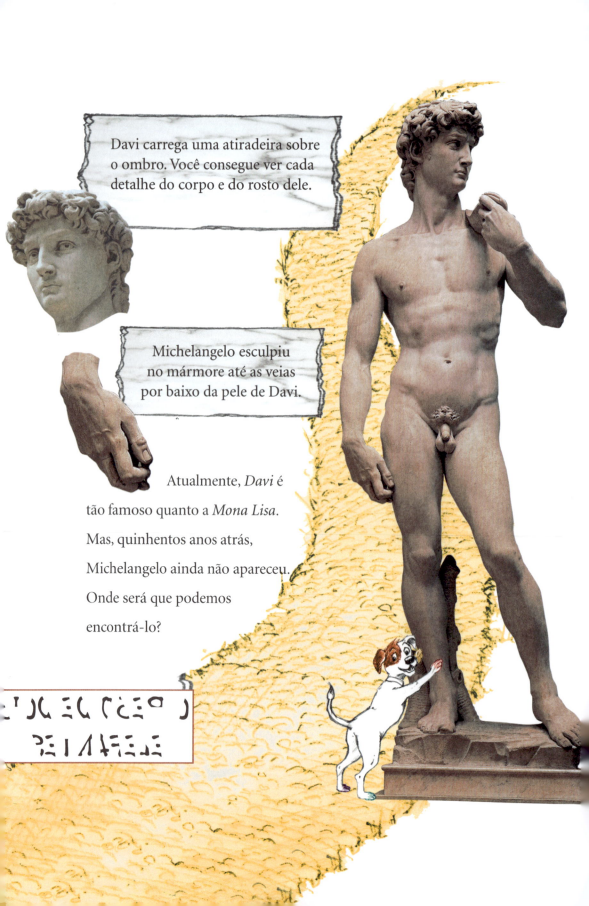

Davi carrega uma atiradeira sobre o ombro. Você consegue ver cada detalhe do corpo e do rosto dele.

Michelangelo esculpiu no mármore até as veias por baixo da pele de Davi.

Atualmente, *Davi* é tão famoso quanto a *Mona Lisa*. Mas, quinhentos anos atrás, Michelangelo ainda não apareceu. Onde será que podemos encontrá-lo?

O Moisés de chifres

Onde está Pablo? Por que ele se afastou de você?

Uma coisa pesada cai no seu pé. Será que Michelangelo está por perto? E deixou o martelo cair? A dor no dedão do seu pé é infernal.

Mas o que você vê à sua frente não é um martelo, e sim um osso. Ele é tão grande que parece ser de um dinossauro ou de um elefante. Orgulhoso, Pablo o colocou ali. Sua língua pende fora da boca, ele ofega muito. Deve ter sido um grande esforço carregá-lo. Mas de quem será que ele roubou aquele osso?

Raios dourados de luz atravessam a poeira da viela e seguem em direção ao céu como se fossem longas agulhas. Uma forte rajada de vento varre a esquina e revela outro trecho do caminho dourado. No final da rua, vê-se o brilho de vários pares de olhos. Muitos pares de olhos. Um rosnar coletivo ecoa na noite. Imediatamente, Pablo se esconde entre as suas pernas e tenta se encolher ao máximo. Coloca as patas sobre os olhos. Ele acha que, se não pode ver ninguém, ninguém também pode vê-lo.

Agora fica claro de onde ele pegou o osso. Os cães da cidade se juntaram para dar um recado ao intruso. Agachados, eles se aproximam.

A saída é fugir, e rápido! Tomara que eles não consigam seguir vocês no caminho dourado. Pablo corre e você vai atrás.

Mas a matilha de cães também avança, liderada por um monstro sarnento cinza-escuro, que parece uma mistura de bezerro e urso.

Corram, corram, corram!

Latindo, os cães seguem em seu encalço, e a distância entre eles e vocês vai diminuindo muito depressa.

Os edifícios de Florença dissolvem-se em uma névoa, que se dispersa na luz do caminho. Os latidos enfraquecem: os cães saltam contra uma parede invisível, na qual se chocam, caindo para trás.

Pablo percebe logo que está em segurança e solta um uivo, que mais parece uma zombaria. Depois, ele geme, triste, por causa do osso que ficou em Florença. Mas à sua frente surge algo novamente.

Dois homens usando pesadas roupas de veludo aparecem diante de vocês e abaixam a cabeça em sinal de humildade.

– **Então é assim o túmulo do papa Júlio II** – diz um deles, admirado.

Júlio II? Esse papa foi aquele que quis mandar fazer um túmulo com quarenta estátuas... Mas, de repente, ele decidiu outra coisa, e por isso Michelangelo foi embora, furioso, de Roma! No entanto, parece que o túmulo foi feito depois disso, embora tenha ficado um pouco menor.

Como uma sombra que anuncia alguma coisa ruim, um homem usando um hábito marrom-escuro surge sorrateiramente. Mais uma vez, parece que sob o capuz há somente escuridão. Será que o desconhecido possui realmente um rosto? O encapuzado fica de pé ao lado dos admiradores da obra de arte, que é tão alta quanto um edifício de dois andares. Ele ergue o braço, e da larga manga de seu hábito surge um dedo apontando para a maior figura, no meio.

– **Ele não se parece com o próprio demônio?** – o encapuzado pergunta, como se a resposta só pudesse ser "sim".

Um dos nobres senhores examina o homem, desconfiado, e recua, como se não quisesse ficar muito perto dele:

– *A estátua representa Moisés, que está segurando a tábua com os Dez Mandamentos.*

O outro acrescenta:

– *O semblante me lembra o próprio mestre Michelangelo em pessoa. Eu acho que aqui ele quis se imortalizar.*

A manga longa do hábito oculta um punho erguido ameaçadoramente.

– **Vocês não estão vendo os chifres na cabeça dele? Michelangelo representou Moisés como se ele fosse uma figura do inferno!**

Esse comentário provoca um sorrisinho de pena nos homens.

– Não é culpa de Michelangelo. Muitas pessoas se enganaram, quando traduziram a Santa Escritura. Ali está escrito que Moisés volta do Monte Sinai com as tábuas da lei e com raios de luz ao redor da cabeça. Mas traduziram isso assim: "Com chifres na cabeça". Só por isso Michelangelo o esculpiu desse jeito.

Decepcionado, o homem de hábito se vira, esbravejando. Como se os pés dele não tocassem o chão, ele vai embora. Sacudindo a cabeça, os homens seguem-no com o olhar e depois se voltam para o túmulo.

Enquanto o encapuzado vai sumindo lentamente na distância, você ainda ouve um dos homens dizer:

– Quem é tão genial e bem-sucedido como Michelangelo também tem muitos inimigos invejosos. Que bobagem falar mal do grande artista!

Tome cuidado, Michelangelo!

O caminho dourado chega ao fim. Para todos os lados, estende-se um plano amplo, iluminado. Pablo gira em torno de si mesmo, abanando o rabo interrogativamente. Para onde ele deve ir?

Da areia cintilante, sobe um leve ruído. A superfície encrespa-se como as ondas do mar. Pablo ergue as orelhas. Os ruídos o deixam irrequieto. Atento ao que vai surgir, ele fica saltitando em círculos.

Como fontes de água gigantes, várias paredes surgem do solo. A areia espirra para fora, mas nem um único grãozinho cai do lado de dentro, sobre o mármore claro e escuro.

Duas paredes formam um ângulo reto, uma terceira prende você, uma quarta empurra o uivante Pablo para fora, e um teto deslizante cobre tudo. Você fica sozinho num recinto alto, forrado de mármore do chão até o teto. Em duas das paredes, há figuras sobre sarcófagos de pedra. Representam um homem e uma mulher, em ambos os casos. O mármore tem muitas cores. O cinza-escuro dá dignidade às colunas e aos arcos, o branco ilumina as paredes, e as estátuas brilham com um tom entre o amarelo e o areia. O lugar é muito silencioso. Até as estátuas parecem meio adormecidas, meio pensativas, como se estivessem refletindo, sonhando. Será que isso é uma cripta? Você está debaixo da terra?

Acima da sua cabeça, eleva-se uma cúpula artisticamente construída com janelas, linhas e círculos. Olhar para cima é como olhar através de um caleidoscópio.

Uma pesada porta de madeira com painéis quadrados abre-se e um homem entra. Ele é parecido com a estátua de Moisés. Será que é Michelangelo? Atrás dele, na porta entreaberta, surge o encapuzado.

– 𝕼𝖚𝖊 𝖇𝖊𝖑𝖆 𝖈𝖆𝖕𝖊𝖑𝖆! – elogia ele, mas isso soa falso e pérfido.

O outro, que poderia ser Michelangelo em pessoa, balança a cabeça, mas não se vira. Ele não sabe com quem está falando.

– A capela da família Médici, na qual alguns deles encontraram o último descanso. Eu a projetei com muita alegria. Não só as figuras, mas também o recinto.

Você está diante de Michelangelo. Na verdade, ele deveria notá-lo. Será que ele não consegue vê-lo?

Michelangelo aponta para duas das estátuas deitadas. Elas representam o crepúsculo e a alvorada.

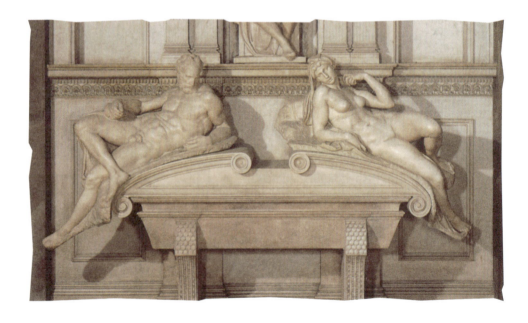

As outras duas representam o dia e a noite. Com passos rápidos, o encapuzado se aproxima de Michelangelo e coloca a mão no ombro dele.

Não assustado, mas indignado com a falta de respeito, Michelangelo se vira. Ele se endireita ao ver a figura sem rosto.

– *Quem é o senhor?* – pergunta ele, irritado.

O encapuzado fica lhe devendo a resposta. Com uma atitude ameaçadora, ele se move na direção de Michelangelo, que recua.

> Quem é o dia e quem é a noite? E qual das figuras parece inacabada?

– Conheço bem os seus sinistros segredos. Tome cuidado! O senhor nunca participará da construção da mais majestosa catedral do mundo. A cúpula de São Pedro ainda estará de pé, quando suas estátuas há muito já terão sido destruídas. Todas as pessoas louvarão o nome do arquiteto: Bramante.

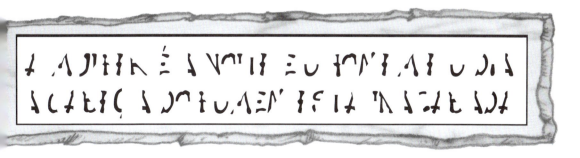

83

Michelangelo se retrai ao ouvir esse nome.

– **Portanto, nem ouse pensar que suas ideias possam ser úteis para a construção da cúpula de São Pedro!**

O homem de hábito dá um forte empurrão no peito de Michelangelo com as duas mãos. Michelangelo tropeça, tenta agarrar o encapuzado, mas ele se vira rapidamente e some porta afora. Esta se fecha com um estrondo que ecoa repetidas vezes nas paredes lisas.

Michelangelo fica ali, parado, com uma expressão enigmática. Ele encara você, mas o olhar dele atravessa seu corpo.

Você é só um viajante do tempo: alguém que pode ver tudo, mas não pode falar.

A capela se dissolve e desaparece por completo. Junto com Michelangelo.

Pablo salta alegre em sua direção e apoia-se nas suas pernas com as patas dianteiras.

Como você descobrirá o que ocorre na câmara secreta? Qual o veneno contido nos lacres dos pergaminhos? E quais serão os segredos de Michelangelo?

AGORA, ABRA O LACRE Nº 6.

A descoberta de Pablo

Você precisa se apressar!

Voltar para o caminho dourado, para o seu ponto de partida.

No portão de grades de ferro, molhado até os ossos, o senhor Tonatelli está à sua espera. Batendo os dentes, ele volta ao museu com Pablo e você. Depois de se sacudir todo, Pablo estica o pescoço, tenso, e fica à escuta, na direção do andar superior.

Do lado de fora, um raio cruza o céu e faz com que as árvores dispostas diante das janelas fiquem brancas. O trovão soa como muitos tiros de canhão.

Pablo não se impressiona. Late violentamente e corre escada acima, sempre de três em três degraus, para o primeiro andar. Com as mãos apoiando a coluna dolorida, o senhor Tonatelli o segue com o olhar, atônito.

– *Normalmente, durante as tempestades, ele se esconde no cesto de papéis!*

Isso só pode significar uma coisa. Lá em cima, no museu, algo está errado.

Um sino antigo toca. Ele está pendurado ao lado da porta de entrada e pode ser acionado de fora, por meio de um cabo preto metálico. Toca duas, três vezes, e Tonatelli corre para atender. Mesmo assim, ele não tira os olhos da escada.

O latido de Pablo diminui. Para onde ele correu?

Diante da porta, três policiais sacodem a água dos quepes e dos casacos do uniforme. O maior dos três passa a mão no queixo pontudo e parece não saber muito bem por onde começar.

– Bem – diz ele, lentamente. – O senhor conhece madame Madusa?

Tonatelli assobia como uma panela de pressão:

– *Nem me fale dessa praga!*

– Praga? – repete o policial.

Seus colegas, ambos menores e no mínimo tão espantados quanto ele, repetem em eco:

– Praga?

– *Isso quer dizer que não tenho nada a ver com ela* – traduz Tonatelli.

– Ela nos chamou porque... porque... – O policial mexe os pés nervosamente.

– *Porque o dragão de pedra fugiu voando. Queremos descobrir como isso é possível. Deve ter relação com os sete lacres de Michelangelo* – vai dizendo o senhor Tonatelli. – *E também as corujas do telhado grasnaram. Os senhores já conseguiram prendê-lo?*

Os três policiais olham atônitos para o dono do museu:

– Prender? Quem?

– *O dragão de pedra que fugiu voando!*

De repente, Madusa aparece à porta. A chuva a pegou também. Mechas de cabelo molhado estão grudadas no seu rosto.

— Ouça – diz ela a um dos policiais –, *ele ficou louco. Ou será que o senhor conhece figuras de pedra que criam vida?*

— Não, não, não! – Os três policiais respondem, balançando a cabeça ao mesmo tempo.

— Na verdade, o museu está desmoronando. As figuras estão caindo do telhado, mas esse teimoso fica criando fantasias de dragões de pedra voadores.

Cheia de desprezo, ela olha para a grande barriga de Tonatelli e torce o nariz. Como se fosse necessária uma última prova para o que dizia, naquele mesmo instante alguma coisa cai pela escadaria do museu e se estilhaça. Deve ser uma das gárgulas, uma das muitas que há no beiral do telhado.

— Vejam só! – Com um movimento da mão, que significa *"Eu não disse?"*, Madusa pisca e olha entediada para cima.

Tonatelli resfolega, tenso.

— Você não poupa esforços para acabar comigo, sua maldita!

Lá de cima, vem uma gritaria estridente.

— Me solta, seu cão raivoso!

A expressão de Madusa fica subitamente séria e rígida como pedra. Rosnando furiosamente, Pablo arrasta alguém escada abaixo. É a mulherzinha de cabeça de enguia.

Tentando se apoiar em algo, ela agita os braços. Apalermado, o seu parceiro a segue. Seus músculos são tão grandes que, para andar, ele precisa manter as pernas arqueadas. Por isso, é tão lento. Traz pendurada no pescoço uma caixinha com interruptores e pequenas alavancas.

As coisas vão ficando mais claras...

O que realmente aconteceu

A mulher-enguia e o anão musculoso deixam um rastro úmido na escada. Ambos estão totalmente molhados.

— Chefinha, é tudo culpa da Zitana. Ela parece que é feita de açúcar, essa boba. Teve de entrar, de qualquer jeito. Eu teria ficado no telhado.

— **Não é verdade, não é verdade!** — defende-se a mulher, que continua com Pablo agarrado à sua perna. Ele nem pensa em soltá-la. — **Nas tempestades, Raff faz xixi nas calças de tanto medo. Covardão!**

O nariz de madame Madusa parece ficar mais pontudo e mais comprido.

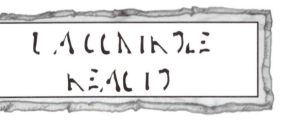

— *Eu não conheço esses dois* — explica ela, rapidamente, piscando sem parar. — *São malandros, nada além disso.*

Raff se aproxima com passos raivosos.

— Vou dar um nó nos seus ossos, sua bruxa ingrata. Fazemos o trabalho sujo para depois você nos renegar?

As coisas vão ficando difíceis para Madusa. O policial grande assume uma expressão de importância, e seus colegas se posicionam para bloquear a saída dela.

— Posso pedir uma explicação? – pergunta ele, enfaticamente, mas com educação.

Antes que Madusa possa dizer alguma coisa, Raff começa a falar.

— Tivemos de montar no telhado essas figuras que funcionam com controle remoto. E as colocamos no lugar das verdadeiras estátuas de pedra.

Ouve-se um ruído de tecido sendo rasgado. Pablo arrancou um grande pedaço da calça de Zitana. Cospe o retalho e morde o tornozelo dela. Enquanto tenta se livrar dele, a mulher esbraveja:

— **Ela está totalmente possuída, quer ficar com o museu, essa suposta bruxa. Ela fica cheia de brotoejas só de ver um sapo. Se ela sabe fazer feitiços, eu sou uma gigante!**

— A senhora tem de nos acompanhar – diz o policial, com a cara séria.

— Danos ao patrimônio. Invasão de privacidade. Perturbação da ordem pública. Minha senhora, as consequências disso serão graves.

Só quando um policial prende também a mulher-enguia é que Pablo se dispõe a largar o tornozelo dela. Ele não a machucou, mas fica orgulhoso por ter conseguido finalmente pegar os dois intrusos.

Quando a viatura policial se afasta, o senhor Tonatelli empurra a porta e, por dentro, apoia-se nela para trancá-la. Lá fora, a chuva ainda cai, mas a trovoada vai se distanciando.

— *Pelo jeito, isso não tem nada a ver com a câmara secreta e os sete lacres* – diz ele, decepcionado.

No saguão de entrada, alguma coisa cai no chão. O barulho vem de uma coluna. Pablo está deitado ali, parecendo morto.

A obra-prima de Michelangelo

Pablo respira. Muito superficial e rapidamente, mas está vivo. Portanto, ainda pode ser salvo. Com certeza, isso tem a ver com o veneno dos lacres.

– *Há quinhentos anos, existiam alguns terríveis produtores de venenos.* – O senhor Tonatelli mal contém as lágrimas. – *Eu ouvi falar de venenos cujo efeito retorna de tempos em tempos. Como no caso de Pablo. Mas em algum momento...*

Ele aperta os lábios, pois não consegue nem quer continuar falando. Depois de fungar com força, prossegue, com a voz sufocada:

– *Venha comigo. Você precisa mesmo procurar Michelangelo mais uma vez.*

Que pena! Antes você estava bem perto dele, mas ele não conseguia vê-lo.

– *Desta vez será diferente* – promete Tonatelli, carregando o cão inconsciente nos braços, como um bebê adormecido.

A todo instante, ele encosta o rosto no focinho frio de Pablo. Então, leva você ao primeiro andar.

Num nicho largo e profundo, está pendurada uma grande moldura. Parece ter o dobro do tamanho de uma porta, e é muito estranha. A moldura faz um barulho de tique-taque, como um relógio. E é de relógios que ela é feita, relógios de todos os tamanhos possíveis, todos funcionando. Cada um mostra um horário diferente e, em alguns, os ponteiros giram muito depressa. No interior da moldura, há apenas uma cor: o preto. Não é uma superfície preta, mas uma névoa preta em movimento.

No centro da borda inferior, há quatro mostradores esmaltados, um ao lado do outro.

— *Este é o quadro do tempo. Ajuste os ponteiros.*

Tonatelli vai citando alguns horários para você. São sempre horas com números inteiros.

— *Este deve ser o ano correto* — diz ele, finalmente, satisfeito.

A névoa preta se dissolve como nuvens ao sair o sol. Mas não é o sol que surge ali. É uma pintura. Lentamente, o pedaço que aparece se move para cima, como se você o estivesse vendo através de uma câmera de vídeo, e a cena se transforma. De longe, ouvem-se corais, um canto de muitas vozes, sem palavras, como só se consegue ouvir nas igrejas. A pintura parece ser feita de várias partes, pois embaixo vai surgindo mais um pedaço. O que está representado são histórias inteiras.

Um silêncio respeitoso toma conta de tudo.

Afetuosamente, o senhor Tonatelli afaga a cabeça de Pablo. Sussurrando, ele explica:

– É a obra-prima de Michelangelo.

Mas Michelangelo não era escultor? E talvez também um pouco arquiteto, pois a capela que você viu anteriormente foi projetada por ele.

– *É difícil acreditar, mas, inicialmente, Michelangelo nem queria assumir a encomenda. Ele sempre se viu como escultor. O que ele fez aqui são figuras pintadas que parecem estátuas. O que você está vendo é um afresco, um quadro feito na parede. Ele é pintado diretamente sobre o reboco úmido e se funde com ele. Você não acha que as cores brilham como janelas para outros mundos?*

Cada vez mais imagens surgem dentro da moldura.

– *O papa só queria os 12 apóstolos no teto da Capela Sistina, em Roma* – prossegue o senhor Tonatelli. – *Mas Michelangelo produziu essa maravilha. Tão grande quanto uma quadra de tênis. Ele pintou trezentas figuras.*

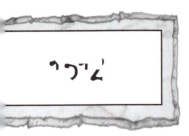

A mulher da imagem que surge em seguida parece um homem. Enquanto a cena se move pela moldura, você tem a oportunidade de ver os traços avermelhados dos esboços feitos por Michelangelo. É realmente o corpo de um homem. Tonatelli pode explicá-lo a você:

– *Há quinhentos anos, o corpo masculino era considerado particularmente nobre. Na Bíblia está escrito que Deus criou o homem e só depois a mulher, de uma costela de Adão. Por isso, as pessoas gostavam muito de representar corpos masculinos.*

Para você, resta apenas mais um lacre.

O desenho no pergaminho pode ter algo a ver com essa pintura gigantesca.

O que dizem os quadros? Não são histórias da Bíblia?

O afresco inteiro está reproduzido num minipôster, dentro do envelope, no final do livro.

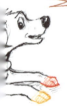

Que história nos conta esta parte do afresco?

Quem é o homem a quem Deus dá a vida?

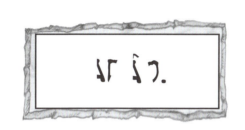

Qual é a história bíblica representada aqui?

– Michelangelo trabalhou durante quatro anos no afresco. No início, ele nem tinha certeza de que conseguiria entregar a encomenda e queria até que outro pintor a assumisse! – prossegue o senhor Tonatelli. – *Quando ele já tinha pintado uma grande parte, um pedaço da pintura estragou no inverno. Embolorou. Mesmo assim, Michelangelo terminou a pintura do teto.*

Agora, toda a capela se torna visível.

Parte dela está ocupada por um andaime.

– Ela tem o dobro da altura do mais alto trampolim de piscina! Mais do que 25 metros! – exclama Tonatelli.

Lá em cima, está Michelangelo, pintando. Ele inclina a cabeça bem para trás, mas consegue ver apenas uma pequena parte da pintura acima dele. Ao seu lado, ajudantes trabalham. Seguram um grande pedaço de papel contra o teto. Sobre o papel, pode-se ver um esboço. Nas linhas, foram feitos vários pequenos furos.

Os ajudantes passam carvão no papel e, quando o retiram, permanecem muitos pontos pretos sobre o reboco.

– **Mestre Michelangelo!** – chamam você e o senhor Tonatelli.

Michelangelo, a testa toda enrugada e a barba cheia de borrifos de tinta, não interrompe o trabalho.

– *Não me perturbe, eu preciso terminar. O papa já está impaciente.*

Tonatelli sussurra para você:

– *Dizem que, quando Michelangelo finalmente terminou, ele só conseguia ler cartas quando as segurava acima da própria cabeça.*

Um ajudante traz uma tigela com uma mistura de tintas.

– Mestre, o senhor conseguiu pintar a imagem grande aí de cima em apenas um dia! – exclama ele, admirando o patrão.

Mas Michelangelo parece não ouvi-lo. O pincel passa sobre o reboco úmido, e, quando as cerdas ficam presas, Michelangelo nem as retira.

AGORA VOCÊ PODE ABRIR O ÚLTIMO LACRE: Nº 7.

Desesperados, vocês contrariam as instruções de Tonatteli e tentam novamente:

– **Mestre Michelangelo, a câmara secreta com os sete lacres.**

Michelangelo interrompe a pintura e se inclina para a frente. Estica as costas, que devem doer muito.

Será que ele escutou? Será que consegue ver e ouvir vocês?

– *Deve haver um segredo sinistro escondido ali. Alguns lacres estão envenenados* – insiste Tonatelli, tentando obter de Michelangelo alguma informação que possa ajudá-los.

Com ar soturno, Michelangelo murmura:

– **Bramante! No Juízo Final, você receberá o que merece!**

– **Rápido!** – Tonatelli aponta os relógios. – **Ajuste-os.** – Ele cita o ano de 1541.

O Juízo Final

Pablo boceja e abre os olhos. Aparvalhado, espia o rosto do senhor Tonatelli e lambe o queixo dele.

– *Meu pequeno, você está melhor?* – fala baixinho o senhor Tonatelli, afagando o cão carinhosamente. Pablo não entende muito bem e franze a testa. Na moldura, surge uma nova imagem. Que tumulto!

– *O Juízo Final. O maior afresco jamais pintado.*

Tonatelli diz isso como se fosse um comerciante anunciando seus produtos. Naturalmente, na moldura o afresco é menor, mas ainda assim muito impressionante.

Então, foi dessa forma que Michelangelo imaginou o Juízo Final.

Aquele que praticou o bem pode ir ao Paraíso, mas os outros descem ao Purgatório e ao Inferno.

Tonatelli aponta para uma figura que segura algo nas mãos, algo que parece uma máscara de borracha.

– *É São Bartolomeu, de quem arrancaram a pele* – diz Tonatelli. – *Olhe bem para ele. O rosto não lhe parece familiar? Michelangelo pintou esse afresco atrás do altar da Capela Sistina. Para muitos contemporâneos de Michelangelo, as suas figuras eram exageradamente nuas. Depois da sua morte, o papa mandou que um dos seus discípulos pintasse roupas sobre os corpos nus.*

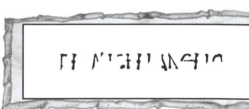

Tonatelli coloca Pablo no chão e se endireita, resmungando. Desta vez, a culpa não é das dores nas suas costas.

– *Juízo Final...* – Ele sacode a cabeça, insatisfeito consigo mesmo. – *No afresco, Michelangelo representou o Juízo Final, no qual as pessoas que praticaram o mal recebem um castigo...*

O encapuzado! Ele é a chave. Ele é quem sabe das coisas. Afinal, ele não estava também na pedreira de Carrara? Donatella o observou.

– *Ouça!* – O braço pesado do senhor Tonatelli afunda no seu ombro. – *Lá embaixo está o fragmento de mármore que você trouxe. Muito inteligente da sua parte. Ele vai ajudar você a voltar para Carrara pelo buraco sob a coluna. Ao cair, pense nesse encapuzado. Deixe-o aparecer na sua cabeça. Visualize com precisão cada detalhe.*

É importante. A força dos seus pensamentos poderá levá-lo à época em que o encapuzado foi visto na pedreira!

Não parece tão difícil. Ou será que é?

– Mas Pablo fica aqui. Desta vez, você deverá enfrentar o desafio sem ele. Pablo ainda está muito fraco – diz Tonatelli, segurando o cão pela coleira.

Que pena! Ele é uma ótima companhia. Tristonho, Pablo abana o rabo.

> Como era o encapuzado? Olhe para os pés dele. Uma dica: examine bem a figura da página 37.

O que será que tem na câmara secreta?

Acenando com as duas mãos, Donatella corre em sua direção. Ela reconhece você imediatamente. Nesse dia, ela não passou muito tempo na pedreira: seu casaco ainda é vermelho vivo e a calça desfiada é verde-oliva.

– *Eu o vi!* – informa ela, com os olhos arregalados. – *Ele veio com três outros senhores. Todos de preto. Seus semblantes eram muito sinistros...* – Donatella faz uma careta com seu rosto rosado. – *Venha comigo!*

A garota leva você até um canto, atrás do qual há um barranco que desce verticalmente. De barriga, vocês deslizam para baixo. No pé da montanha, há duas carruagens. Os cavalos sedentos bebem água de um balde de couro, que o cocheiro lhes oferece. É como Donatella descreveu. Quatro senhores olham para cima, para a pedreira. Mas o encapuzado não está com eles. O que Donatella disse há pouco?

– *Desta vez ele está sem o hábito* – diz ela, como se isso fosse a coisa mais óbvia do mundo.

Então, é assim que é o encapuzado, sem o capuz! As vozes sobem pelas paredes de pedra até vocês. Dá para vocês ouvirem a conversa dos homens.

– *Ela deve estar por aqui, senhor juiz. E nela está escondida a prova. Michelangelo tem um pacto com o demônio. Por isso, não se deverá nunca permitir que ele construa a cúpula. Foi o próprio Lúcifer que pintou os afrescos da capela!*

Os senhores se entreolham com ar de dúvida. Um deles torce a boca e diz:

– Mas o que é esse segredo? E que prova é essa?

– 𝔑essa câmara, 𝔐ichelangelo cria estátuas vivas. 𝔈le esculpe guerreiros. 𝔄pesar de ser mais velho do que qualquer um de nós, ele bate na pedra com mais vigor do que três jovens juntos.

Um outro senhor pede a palavra:

– Vocês acham que ele quer mandar guerreiros de pedra contra os nossos nobres?

– 𝔈 contra o papa! – o encapuzado deixa as palavras explodirem como um tiro.

– 𝔈u conheço a câmara – sussurra Donatella para você, antes de dar um salto.

Como um macaco, ela pula entre os fragmentos de rocha espalhados por ali, segue por um caminho estreito, no meio de alguns arbustos, afasta longos galhos com folhas secas e finalmente aponta para uma porta de mármore cinza. Ela não é feita de um pedaço inteiro de mármore, mas de muitos fragmentos, artisticamente empilhados uns sobre os outros. Algo chama a sua atenção imediatamente. Sobre algumas pedras, encontram--se os símbolos que se tornaram visíveis sob os lacres.

> **COLOQUE UM PAPEL SOBRE A PORTA SECRETA DE PEDRA E PINTE APENAS AS FORMAS MARCADAS COM OS SÍMBOLOS QUE VOCÊ RECONHECE.**

Como um céu dourado

O que significa isso? O que Michelangelo quer dizer com isso? Donatella aponta para si e diz:

— *IO! Isso quer dizer "eu" em italiano.*

Com as pernas cobertas de pó de mármore, os soturnos senhores agora também alcançam a entrada. Donatella e você permanecem escondidos atrás dos arbustos. O encapuzado explica, com ares de importância:

— *Não tenham medo do veneno dos lacres. Eu descobri o que é. Michelangelo usou a seiva de uma frutinha violeta, que produz desmaios. Vocês precisam apenas beber um copo desta mistura de ervas* —

ele ergue um pequeno saco pendurado em seu cinto —

para logo se recuperar.

O homem que ele chamou de juiz examina as pedras empilhadas da porta.

— Tire-as daí — ordena ele.

A porta secreta de pedra está na página III.

– Eu estou avisando vocês. O que os espera atrás dela pode cegá-los ou matá-los!

Em sinal de defesa, o encapuzado levanta as mãos. Agora, o terceiro homem também se intromete:

– Você é um daqueles invejosos que querem prejudicar Michelangelo!

Com uma indignação fingida, o encapuzado diz:

– O senhor está querendo me insultar?

Para provar inocência, o encapuzado se volta para as pedras. Do bolso, ele tira um pergaminho no qual foram rabiscados os símbolos escondidos sob os lacres. Quando o encapuzado pega a pedra na qual foram entalhados um círculo e um ponto, toda a entrada começa a vibrar. A pedra de mármore treme, grãos de areia e lascas de pedra deslizam no chão. Com um salto para trás, o encapuzado grita:

– Vocês precisam de mais provas?

– *A prova da sua maldosa intriga foi confirmada* – ralha uma voz rouca.

– Mestre Michelangelo! – o juiz abaixa a cabeça, respeitosamente.

Acompanhado de dois ajudantes, Michelangelo surge à frente dos homens.

– *Posso parecer um espantalho. Meus dentes batem, e num dos meus ouvidos há um grilo zumbindo constantemente, enquanto no outro a aranha tece a sua teia!*

Os sisudos senhores não conseguem conter o riso diante da descrição que Michelangelo faz de si mesmo.

– *Mas nunca me associei ao mal.*

O encapuzado esgueira-se para o lado.

– *Vocês precisam ver que tipo de segredo esconde essa câmara que eu construí. Aqui, protegi algo dos malfeitores, algo que há muito não me sai da cabeça. Só EU posso abrir a porta.*

> Que pedra é essa?

Donatella empurra você para o lado. Está tudo claro agora. **EU**: então, é isso o que significa **IO**, e não há necessidade de chave. Uma única pedra precisará ser movida.

Michelangelo pede aos senhores que recuem e depois dirige-se ao mecanismo que construiu.

O ofício da escultura o tornou forte, e assim ele permanece, mesmo em idade avançada. Ele puxa a pedra, como se fosse de papelão.

Nenhum tremor, nem vibração. Desta vez, a porta não ameaça desmoronar. Os ajudantes afastam mais três pedras maiores, liberando um acesso estreito. Os senhores entram por ele, seguidos de Michelangelo.

Sorrateiramente, o encapuzado sai do meio do pó. Seu plano malévolo fracassou. Ele não conseguiu difamar Michelangelo. Não conseguiu evitar que este participasse da construção da catedral de São Pedro.

O saquinho com as ervas! Quando o encapuzado passar por vocês, arranque o saquinho do seu cinto. Ele não vai protestar.

Os minutos passam.

Quando os senhores deixam a gruta, não conseguem falar. Pela expressão que trazem no rosto, devem ter visto algo incrível.

– *É assim que eu a imagino. É assim que ela deve ser. E não quero um tostão por ela* – explica Michelangelo.

O juiz se inclina, reverente:

– Só o senhor, grande mestre, só o senhor poderia tê-la projetado. Assim é que ela deve ser. Eu mesmo vou lutar por ela.

Michelangelo acompanha os senhores de volta às carruagens. Finalmente, Donatella e você podem entrar na gruta.

Apesar da pouca luz, lá dentro está tudo iluminado e claro.

– *Como no céu* – diz Donatella, respeitosa.

As paredes da gruta são ligeiramente tortas, trabalhadas grosseiramente, ásperas e cheias de veios escuros.

Mas no teto Michelangelo escavou e esculpiu uma cúpula. Ela forma uma abóbada sobre vocês, como uma tenda protetora. Pelo topo, penetra a luz do sol, que se irradia no ouro, com o qual a cúpula é revestida.

Anjos e santos olham bondosamente para baixo.

– Você sente? Sente como eles tomam conta de nós? –

sussurra Donatella.

Vocês são envolvidos por uma sensação de proteção, tranquilidade e paz.

O tempo parece ter parado, e, quando vocês olham para cima, é como se

fossem puxados para o alto, por mãos invisíveis.

Não é fácil desprender-se dessa visão, mas Pablo está à sua espera no museu,

e ele precisa com urgência das ervas.

Como presente de despedida, Donatella lhe dá uma pequena esfera

de mármore.

Mais tarde, você e o senhor Tonatelli encontram-se diante do livro sobre

Michelangelo. Ele abriu uma página que mostra a maravilhosa cúpula.

– É a cúpula da catedral de São Pedro, em Roma – explica ele. – E

Michelangelo conseguiu realmente construí-la de acordo com os seus

planos. Você precisa viajar sem falta até Roma, um dia, para vê-la.

Certamente, ela é cem vezes maior do que o primeiro modelo

da gruta.

Pablo bebeu sofregamente o chá de ervas, sem deixar nenhuma gota em sua

tigela. Além de se livrar do veneno, ele também passou a ter novas energias.

A tempestade passou. O senhor Tonatelli pede-lhe que dê um rápido passeio

com Pablo. Para ele, ainda está difícil caminhar.

– Mas não deixe de voltar aqui! – diz ele, convidando você a visitá-los

de novo.

Pablo late, animado.

– Nós ficaríamos muito contentes.

Enlevado, o senhor Tonatelli olha para a esfera na sua mão. Ele aponta para ela com hesitação:

– *Será que você poderia deixá-la aqui? Eu gostaria de expô-la.*

Tonatelli lhe conta de um pincel de Leonardo da Vinci e de uma paleta de tintas de Vincent van Gogh, que ele possui.

Em algum lugar do museu, uma porta range. Atrás dela, uma nova aventura já está começando...

Você sabe como ele conseguiu o pincel e a paleta? Se não sabe, é hora de participar das aventuras QUEM VAI DECIFRAR O CÓDIGO LEONARDO? e QUEM VAI ACHAR O TESOURO DE VAN GOGH?.

Olá!

As pessoas sempre me perguntam se o **MUSEU DA AVENTURA** existe realmente. Sim e não! A ideia surgiu quando visitei um pequeno museu, e a energia elétrica acabou. Eu fiquei sozinho nas salas escuras e me senti como se estivesse perdido num labirinto. Foi quando tive a ideia de criar o museu do senhor Tonatelli!

Aliás, já mergulhei na próxima aventura...

Até breve,

Thomas Brezina

Thomas Brezina é chamado de "mestre da aventura" na China, um dos países onde seus livros invadiram a lista de mais vendidos. Com suas histórias, ele fascina e alegra os jovens e os pequenos leitores, além de tornar a leitura uma grande viagem. Suas séries de maior sucesso, como *A Turma dos Tigres* e *Psssiu... É segredo!*, publicadas no Brasil pela Editora Ática, são traduzidas em dezenas de línguas.

Seu estilo cativante faz com que os leitores tenham a impressão de que ele está bem ali ao lado, contando-lhes a história. Como ele mesmo diz: "Eu só escrevo uma frase quando sinto que ela poderá fazer brilhar os olhos dos meus leitores".

Laurence Sartin deu forma e vida ao engraçado Pablo, e também a muitas outras coisas neste livro. Já ilustrou inúmeros livros infantojuvenis. Vive entre a França e Regensburg, na Alemanha, onde dá aulas de desenho e ilustração na Akademie Regensburg.

As obras deste livro

As ilustrações das obras de Michelangelo foram retiradas do livro *Ich, Michelangelo* (Eu, Michelangelo), Prestel, Munique, Berlim, Londres, Nova York, 2003.

Capa, página 95	*A Criação de Adão*, detalhe do afresco da Capela Sistina, 1508-1512; Roma, Museus do Vaticano.
Páginas 11, 34	Retratos de *Vincent van Gogh*, 1889; *Albrecht Dürer*, 1500; *Leonardo da Vinci*, por volta de 1510-1515; *Pablo Picasso*, 1940; *Michelangelo Buonarroti*, por volta de 1548--1553; *Wolfgang Amadeus Mozart*, 1780/81.
Página 15	*Retrato de Lisa del Giocondo* (*Mona Lisa*), 1503-1506 e mais tarde; Paris, Museu do Louvre.
Página 17	Símbolo da cantaria de Michelangelo, por volta de 1519; Florença, Galeria da Academia.
Página 64	*Batalha de centauros*, 1492, mármore 84,5 x 90,5 cm; Florença, Casa Buonarroti.
Página 65	*Baco*, 1496/1497, mármore, alt. 1,84 m; Florença, Museu Nacional do Bargello.
Página 66	Mão de Cristo, detalhe da *Pietá*, 1499/1500; Roma, São Pedro.
Página 66	*São Mateus*, por volta de 1503-1505, mármore, alt. 2,71 m; Florença, Galeria da Academia.
Página 67	Detalhe da *Noite*, 1520-1534, mármore; Florença, São Lourenço (túmulo de Giuliano de Médici).
Páginas 68, 69	*Pietá* e xale de Maria, com a assinatura de Michelangelo, 1499/1500, mármore, alt. 1,74 m; Roma, São Pedro.
Página 74	Mão, cabeça e vista frontal do *Davi*, 1501-1504, mármore, alt. 4,10 m; Florença, Galeria da Academia.
Página 77	*Túmulo de Júlio II*, concluído em 1545, mármore; Roma, São Pedro em Vincoli.
Página 78	*Moisés*, por volta de 1513, mármore, alt. 2,35 m; Roma, São Pedro em Vincoli (túmulo de Júlio II).
Página 80	Espaço interno da *Capela Médici*, 1520-1534; Florença, São Lourenço.
Página 81	Vista da cúpula da *Capela Médici*, 1520-1534; Florença, São Lourenço.
Página 82	*Tarde* e *Manhã*, 1520-1534, mármore; Florença, São Lourenço (túmulo de Lorenzo de Médici).
Página 83	*Noite* e *Dia*, 1520-1534, mármore; Florença, São Lourenço (túmulo de Giuliano de Médici).
Página 93	*A Sibila Cumaica*, detalhe do afresco da Capela Sistina, 1508-1512; Roma, Museus do Vaticano.
Página 94	*O Divórcio da Terra e da Água*, detalhe do afresco da Capela Sistina, 1508-1512; Roma, Museus do Vaticano.
Página 95	*O Dilúvio*, detalhe do afresco da Capela Sistina, 1508-1512; Roma, Museus do Vaticano.
Página 99	Retrato de Michelangelo na pele de São Bartolomeu, detalhe de *O Juízo Final*, Capela Sistina, 1508-1512; Roma, Museus do Vaticano.
Encarte	Vista geral do afresco da *Capela Sistina*, 1508-1512, 13,5 x 39 m; Roma, Museus do Vaticano.

Quem foi...

Michelangelo ganhou fama ainda em vida por sua extraordinária técnica como escultor, pintor e arquiteto. Conheça mais sobre a vida dele:

Michelangelo Buonarroti

1475 No dia 6 de março, nasce Michelangelo, em Caprese, na Toscana.

1488 O duque Lorenzo de Médici acolhe Michelangelo, então com 13 anos de idade, e cuida da sua formação como artista.

1496-1501 Michelangelo trabalha em Roma para um nobre romano e um cardeal.

1501 Recebe a encomenda para a estátua de Davi, em Florença.

1505-06 Volta para Roma. Em abril de **1506**, briga com o papa, foge de Roma e volta para Florença.

1508 Depois da reconciliação com o papa, Michelangelo começa a pintar os afrescos na Capela Sistina, em Roma.

1522 A partir desse ano, trabalha nos túmulos dos Médici, em Florença.

1564 No dia 18 de fevereiro, Michelangelo morre, em Roma.